Garota Replay

Garota Replay

O que você faria se encontrasse você mesma?

Tammy Luciano

Editora Novo Conceito
jovem

Esta é uma obra de ficção. Os nomes, personagens, lugares e acontecimentos descritos são produtos da imaginação do autor. Qualquer semelhança com nomes, datas e acontecimentos reais é mera coincidência.

1ª Impressão – 2012

Gerente editorial: Edgar Costa Silva
Editor: Odir Cunha
Produção editorial: Alline Salles, Lívia Fernandes, Tamires Cianci
Revisão de texto: Erika Alonso, Helô Beraldo (coletivo pomar)
Projeto gráfico: Lucas Busatto, Vanúcia Santos
Capa: Sabrina Eras

Este livro segue as regras da Nova Ortografia da Língua Portuguesa

Dados Internacionais de Catalogação na Publicação (CIP)
(Câmara Brasileira do Livro, SP, Brasil)

Luciano, Tammy
Garota Replay / Tammy Luciano. -- Ribeirão Preto, SP : Novo Conceito Editora, 2012.

ISBN 978-85-8163-007-6

1. Ficção brasileira I. Título

11-14463 CDD-869.93

Índice para catálogo sistemático:
1. Ficção : Literatura brasileira

Editora Novo Conceito jovem

Rua Dr. Hugo Fortes, 1885 – Parque Industrial Lagoinha
14095-260 – Ribeirão Preto – SP
www.editoranovoconceito.com.br

Para Shelly Luciano, minha irmã.
Gosto de imaginar que somos um pouco replay uma da outra.
Para você, Shelly, dias sempre felizes, realizações e meu amor eterno.

Um cara saiu de dentro do espelho
E o cara tinha a minha cara
Vestia um casaco de couro
Que era exatamente a roupa que eu usava
Me olhava, como que me conhecendo, eu estranhei...
E ele me examinava
Mas não se movimentava do jeito que eu me mexia
Ele nem pensava o que minha mente queria
Ele era meu igual, só que diferente...
Meu irmão gêmeo, mas não era meu parente...
("Contrassenso", de Paulinho Moska)

Sumário

Capítulo 1

Aquela garota

Eu estava ficando louca. Foi isso que pensei quando aquilo aconteceu. Difícil admitir os últimos acontecimentos da minha vida, porque eles ocorreram de maneira tão misteriosa que durante muito tempo questionei minha sanidade. Assim como duvidei que Robert Pattinson, Brad Pitt e Ashton Kutcher existissem de verdade porque mais pareciam combinações perfeitas dos caras mais bonitos da vida real. No caso da minha vida, só com o correr dos dias aquele quebra-cabeça foi explicado. Tudo tinha um motivo, cada detalhe o seu porquê e minha vida mergulhava em mudanças.

Pergunto a mim mesma o que diriam as pessoas se pudessem saber exatamente o que eu vivi. O que poderia ser para alguns uma crise psicológica, ou algo da minha imaginação, acabou tendo provas óbvias, pelo menos para mim, do que foi, não foi e do que virou. Os fatos apresentavam uma cronologia própria e de certa forma assustadora. Por que a gente, tão acostumada a viver uma vida simples, quando algo bombástico acontece e coloca tudo de pernas para o ar, fica se perguntando onde foi parar aquela calmaria? Quando eu menos esperava, estava mais uma vez ali, parada na frente do espelho do meu quarto, passando rímel nos olhos, reparando uma pequena marca de espinha irritante na testa e me arrumando para sair naquela noite em que tudo começaria sem freio e sem respostas.

Naquele momento, eu era uma garota quase solteira. O quase é fundamental para explicar o estado civil. Tinha um namorado, mas não o apresentaria mais como tal e não o queria ao meu lado. O relacionamento só não fora oficialmente encerrado porque Tadeu estava dopado em um hospital depois de uma noite cheia de burradas. Detalhes que só a minha vida desencontrada podia ter. Fiquei conhecida como o tipo de mocinha que ganhava um grande kit promocional de maquiagem e, quando iam entregar, tinha saído de casa, sendo desclassificada da premiação. Minha vida pessoal flutuava no ar depois de um escândalo de traição que estava tendo que enfrentar. Apesar da crise no relacionamento de um ano, não me sentia péssima e também não mostrava a menor vontade de escutar as desculpas do Tadeu. No meio de toda lama, existia apenas uma certeza: meu futuro ex-namorado tinha uma saída para me fazer entender por que havia beijado outra na frente de pessoas conhecidas e me feito passar por papel ridículo. Eu desconhecia as desculpas, porque ele dormia com a ajuda de medicamentos no hospital.

Uma música triste tocava no meu ouvido com um refrão em que a palavra "traída" aparecia várias vezes. Um misto de vergonha, de arrependimento e uma vontade tripla de berrar com o Tadeu e reclamar meus direitos. Por que fazer isso comigo, quando eu era uma namorada tão legal? Nosso relacionamento apresentava um saco de erros e eu sentia como se tivesse carregado todo o peso sozinha. Sempre fui positiva e animada. De repente, passei a mostrar um desânimo de doer. Nada, nem o sol perfeito da Barra da Tijuca me fazia sorrir. Dava vontade de abrir a janela do meu quarto e gritar, mesmo que me achassem louca. Eu não merecia, não merecia mesmo. Mas qual garota merece ser traída sendo legal com um mentiroso? Em alguns momentos, pensei que talvez fosse somente culpa minha. Tadeu não gostava de mim. Sem amor, ele não me devia maiores explicações. Alimentei uma relação errada, acreditando que, em um fim de tarde, eu viraria princesa na vida daquele cara.

Nem tudo na minha vida se mostrava trágico. Apesar dos últimos e péssimos acontecimentos, precisava de uma comemoração pessoal. Queria estrear o carro novo, presente dos meus pais. O amarelo lindo e a ideia de poder sair dirigindo me alegravam. A novidade mostrava uma forma de os meus pais não se sentirem culpados por suas longas, repetitivas e comuns ausências. Eles viajavam o mundo, desde a aposentadoria do meu pai, há cinco anos. Um sonho da minha mãe abraçado por ele. Os dois não paravam em lugar nenhum, pulavam de país em país, como uma espécie de viajantes moderninhos, se hospedando nos melhores hotéis e aproveitando uma rotina totalmente sem rotina. Minha mãe adorava contar suas histórias inesquecíveis, da sua jovem alma, que amava mudar de cidade como quem troca de roupa.

Eu, apesar de encontrar com eles muito menos do que gostaria, me considerava sortuda por nascer da barriga de uma mulher tão libertária, louca e determinada. Sentia saudade, mas não me achava no direito de reclamar a presença deles. Enquanto isso, tocava a vida com a ajuda financeira do meu pai, morando no nosso apartamento. Também não sentia vontade de acompanhá-los, primeiro porque me sentia atrapalhando aquela lua de mel dos cinquentões e, depois, era latente uma enorme necessidade de permanecer no Rio de Janeiro, como se precisasse viver algo muito especial na minha cidade que eu não sabia o que era.

Nos dois últimos meses do ano, meus pais aterrizavam as malas no Rio de Janeiro para comemorar Natal e *Réveillon* em família. Bastava passar as festas e lá estavam eles com mapas, passagens, acertos e voo marcado para algum lugar que sempre surpreendia.

Nessas horas, eu podia gastar meu verbo, falar algo muito importante e nenhum dos dois escutava. Só conseguiam falar dos macacos raros que conheceriam, das trilhas secretas abertas para visitação, dos olhos arregalados de um bicho raro, dos cheiros de países distantes, das ervas perfumadas e das borboletas de asas enormes que pousariam na janela do hotel... Meus pais me assustavam com tamanha vontade de ver o mundo. Nos últimos anos, viajaram para a costa do México, para as Ilhas Caraíbas — minha mãe disse que Barbados parecia o paraíso —, conheceram a cidade italiana de Ronda, localizada 739 metros acima do nível do mar, na beira de um penhasco, e estavam agora na Tailândia, comemorando mais um ano de casados. Minha mãe tentaria voar na Tailândia, só não me contou como faria isso.

Assim eu passava dez meses morando em um apartamento de frente para o mar, na Barra da Tijuca, com Nil, nossa empregada desde os meus 5 anos, que logo virou minha familiar mais próxima, uma espécie de mãe com carteira assinada, cuidando de mim, da minha saúde, do meu bem-estar e ajudando a tirar dos meus pais qualquer culpa pelo abandono descarado.

A distância também fez com que eu aprendesse a tomar decisões sem telefonar para os meus pais. Até porque, muitas vezes, ao conseguir falar com eles, minha mãe gastava longos minutos contando do pó mágico que descobrira para a pele ou do tecido lindo e perfeito para um vestido de festa. Com tão pouco tempo para falar de mim, aprendi a me virar. Para piorar, quase sempre eu não tinha a menor ideia de onde eles estavam. Por isso, sem maiores cobranças, larguei a faculdade de Administração. Não queria administrar nada além dos meus dias e dos meus sentimentos. Meu pai e minha mãe, quando souberam, aceitaram o abandono do curso de maneira muito plácida para o meu gosto. Quando quisesse, o estudo seria retomado, assim pensava minha mãe, psicóloga, apoiada pelo meu pai. Todo jovem passa por uma fase de descaminho, dizia meu tio. Enquanto eu não aparecesse drogada e prostituída, estava tudo certo para a família. O máximo da repreensão passava pelo excesso de bebida; mesmo assim, menos que os amigos.

Logicamente, aprendi a me defender, a cuidar de mim e a manter a vida. A manutenção da casa seguia através de um contrato entre meu pai e uma administradora. As despesas de rotina, como energia, condomínio e outras, eram pagas todo mês com um dinheiro depositado religiosamente na conta dessa empresa, que recebia um extra para administrar esses pagamentos. Com uma mesada na minha conta, eu vivia confortável e tranquila quando o assunto se referia a bem material. Não podia sair gastando, sobrava pouco, mas vivia bem e tinha mais do que a maioria da minha idade gostaria de receber, apesar de eu não ser milionária. O melhor de tudo era não sofrer crise emocional por causa da solidão familiar. Com o passar dos dias, fui me acostumando com a situação e achava graça dos meus amigos morrerem de inveja pela independência.

Naquela noite, dirigiria meu carro, com aquele cheirinho delicioso de novo, andaria pela cidade tentando esquecer os problemas e sentindo o quanto existe de vida no mundo. Confesso que, apesar de me sentir bem com meus amigos, não estava muito animada para encontrá-los. Como não queria ficar em casa, sair sozinha aparecia como opção, sem ninguém para me consolar achando que eu precisava de consolo, quando queria apenas escutar uma música, ver pessoas dançando, sem dar explicação sobre assunto nenhum e ter a certeza de que os dias passariam.

Desci balançando a chave do carro novo, sorrindo para o espelho do elevador, mexendo nos cabelos, para mim sempre desalinhados, arrumando a blusa colorida e puxando a calça jeans para acertá-la no corpo, enquanto olhava se as unhas dos pés estavam bonitas naquele pink. Cheguei total. Dei pulinhos de alegria, fazendo caras de estrela *pop* e me achando o máximo por poder sair sozinha e sem destino certo. Uma loucurinha boa, em um momento totalmente meu e inesquecível.

Dirigir um carro novo parece um primeiro beijo, você está completamente envolvida no ato, não se acostumou ainda com os detalhes e está nas nuvens. Entrei no carro sentindo a força do compasso de espera da minha vida. Respirei fundo. Queria mais, queria minha vida de volta e dias felizes. Queria muito viver um grande amor, fosse lá como fosse um grande amor. Algumas vezes não tinha ideia, só sabia que seria lindo.

Enquanto me distraía sozinha, fazendo curvas, passando a marcha, pensei no meu futuro ex-namorado. Seus atos foram tão grosseiros, tão sem sentido, tão baixos. Sem perdão. Haveria conversa, eu avisaria sobre o fim, mas não continuaria acreditando nele depois de uma traição confirmada. Estava triste e, o pior de tudo, me sentindo uma qualquer. Fora maltratada, estava sendo alvo de comentários e me tornara um dos assuntos mais comentados na nossa rede social. Se eu fosse especial, Tadeu teria mais cuidado comigo?

Quando lembrava do Tadeu, meu pensamento parava em Tito, meu melhor amigo, o cara mais legal do mundo, que, independentemente de qualquer distância, qualquer ausência, sempre amaria. Eu estava tão isolada do mundo que nem para Tito tive coragem de ligar. Precisava estar sozinha mesmo. Eu, aliás, devia desculpas para o cara que mais me defendia. Me faltavam palavras para pedir qualquer perdão. Pelo menos naquele dia, queria pensar. E enquanto fiquei rindo, pensando no sorriso contagiante de Tito, vi o estacionamento me chamando e encerrei meu momento de reflexão.

Na porta da boate, respirei fundo e lá fui eu. Tinha me divertido dirigindo o carrinho novo, estava entusiasmada e fui direto para a pista de dança, sem imaginar como seria aquela noite. Queria olhar um pouco as pessoas dançando, vigiar a diversão alheia e depois voltar para casa mais leve. Passados alguns minutos, me senti estranha, como se a boate inteira soubesse da minha solidão e estivesse observando os detalhes dos meus movimentos. Me senti ridícula, como se tivesse novamente 15 anos e usasse aqueles enormes vestidos de babados quando todo mundo estava de calça jeans, camiseta e fazendo o estilo rock. Para não ser notada, parei entre o bar, cheio de bebidas bonitas, e a pista de dança. Hora de distrair, olhei na direção de uma garrafa de vodca espelhada com muitos pedacinhos de vidro e fiquei assistindo a cenas de um vídeo de surfe, que estava passando no telão. As pessoas dançavam com braços levantados e gargalhadas descaradas ecoavam no fundo do meu ouvido, com os flashes pipocando na escuridão.

Meu corpo estava ali, mas não fazia parte da festa. Um coroa dançando com os braços soltos para o alto, dando sorrisos estranhos e rebolando os quadris em direção contrária ao balanço das pernas estava mais enturmado do que eu. Não falei com ninguém, mesmo tendo passado por pessoas conhecidas. De longe vi um colega da faculdade, uma garota da academia e uma amiga de uma conhecida do prédio. Fiquei na minha, olhando a diversão dos outros e tentando não travar nenhum papo-cabeça comigo mesma. A fase não era das melhores e eu estava muito decepcionada, mas achava bem sem graça ficar deprimida. Na verdade, não estava em depressão, não queria morrer, não estava me achando a pior pessoa do mundo... Me sentia apenas em pausa, como se na TV estivesse passando um programa de humor, com piadas bobas.

Quando tocou um remix de "Viva la Vida", do Coldplay, fiquei refletindo em que momento exatamente errei. Quando disse não, querendo dizer sim? Quando disse sim, buscando um não? Não tinha a menor ideia do que aconteceria com a minha vida no futuro. Concluí, emocionada, que costumava escolher os caras errados, aqueles que nada têm a ver comigo, os péssimos no trato e que não fazem minha vida andar para a frente, destruindo minha paz. Isso eu precisava mudar imediatamente. Abaixo os errados, fora os blefes, adeus aos que mentem, tiram onda de pegador e só me querem para colocar em álbum de conquistas.

De repente, sei lá por que, pensei na minha avó, que me deixou no ano passado, em um momento triste para toda a família. Eu a adorava e sinto muito a sua falta, ainda mais por não ter meus pais por perto. Se estivesse viva, eu não teria tanta solidão familiar. Sei que pensar na avó falecida dentro de uma boate não é o mais apropriado, mas assim estava eu, quando uma das luzes iluminou um rosto. Minha atenção parou meu pensamento. Esqueci o ex-namorado, o carro novo, a solidão, minha avó e esqueci até quem eu era. Não consegui decifrar aquela imagem e o meu cérebro nunca tinha visto nada igual. Indecifrável. Muita calma nessa hora, ou muita hora nessa calma. Cheguei a limpar os olhos com a mão, como as pessoas fazem nos filmes. Estaria eu ficando maluca? Só podia. Ninguém acreditaria, mas, naquele momento, enquanto pensava que minha vida estava uma merda, me vi dançar na pista. Eu mesma. Eu na pista de dança. Exatamente assim. Eu estava na minha frente pela primeira vez, sem nenhuma introdução ou maiores explicações, congelada ali, enquanto todos sacudiam seus corpos sem censura.

Fiquei parada, me vendo dançar feliz da vida. Nossa... Como estava bonita, bem tratada e cheia de charme. Como se estivesse no shopping com a Gwyneth Paltrow e ela tivesse dado vários palpites nas minhas roupas. Demorei a raciocinar sobre a cena e, nos segundos iniciais, só consegui admirar o meu visual. Quando o susto inicial passou, se é que passou, pensei imediatamente ter encontrado uma irmã gêmea. Pelo jeito da moça, ela tinha se dado melhor nos encontros com a sorte do que eu. Os cabelos eram supertratados, a pele macia como uma seda, o olhar brilhante e um semblante de realização, me fazendo refletir sobre as vezes em que culpei minha aparência física pelos não acertos. Ali, me vendo, ou vendo alguém tão parecida comigo, com aquele astral tão vencedor, imaginei que eu poderia ter conseguido muito mais do que fiz até ali. Ainda tive tempo de reparar e babar com o vestido muito chique, justo, azul-escuro, com um decote em "V" na frente e duas faixas que subiam pelo ombro e desciam até o meio das costas, em que o vestido recomeçava. Os brincos e o anel, também perfeitos, tinham brilhos. Nunca me imaginara tão bonita. Mas eu estava ali, na minha frente, inacreditavelmente linda, uma explosão de mim mesma.

Capítulo 2

Desconhecida

O QUE VOCÊ FARIA NO MEU LUGAR? Sai para dançar, tentando esquecer a traição do seu ex-namorado e todas as burradas que ele fez em uma mesma noite, e lá se vê linda e maravilhosa dançando. Perceber que seu rosto não é único no universo não é algo corriqueiro. Ah, claro, eu tenho uma igual a mim, me passa o sal! Nããããão! Tudo tinha mudado daquele segundo para sempre. Alguém igual a mim usava um corpinho igual ao meu e parecia curtir a vida de maneira bem mais produtiva. Algum detalhe da minha história tinha se perdido e estava fora do meu próprio contexto. Como agir? Devia me apresentar para mim mesma? Oiê, sou a Thizi, tenho 20 anos, moro na Barra da Tijuca, larguei Administração, tô pensando em fazer faculdade de Moda, sua roupa está linda, meus pais estão na Tailândia, ou seriam nossos pais? Confuso? Alguma vez meu universo foi prático, simples e igual ao de todo mundo? Nunquinha.

Na hora, pensei em ligar para o Tito e contar para o meu melhor amigo sobre a descoberta alucinada, mas tinha quase certeza de que não seria atendida. Desde a traição do Tadeu que o clima com meu grande parceiro piorou. A confusão tinha ido além do controle e eu não tinha cara para dizer nada. Importante para mim,

Tito seria a última pessoa que eu gostaria de magoar. Especial. Ele, o ser especial da minha vida, o máximo dos máximos, estava decepcionado comigo, sem que eu tivesse culpa direta no cartório. Lembrei do sorriso de Tito, de sua maneira otimista de perceber os sentimentos e de como me olhava. Eu estava realmente passando por uma crise de abstinência do meu melhor amigo. Onde estaria ele?

O mais estranho foi ninguém perceber duas iguais no mesmo recinto. Ou será que alguém deveria se preocupar com duas pessoas idênticas? Afinal, gêmeos convivem por aí em toda parte. Ninguém olhou para mim e depois para ela, chocado com a nossa semelhança. Nossa... Minha cabeça não sabia nem como processar aquela imagem. Honestamente, tirando o visual arrumado da moça, nós éramos as mesmas. Resolvi dar um tchauzinho, mas a garota não reparou. Um cara falou alguma gracinha, a vi sorrir. O indivíduo era lindo. Um desses que a gente tem certeza: se fizesse teste para uma novela, pegaria fácil o papel de protagonista. Ela parecia não estar muito aí e o tratou apenas como um amigo querido. Devia ter um grande amor que não estava ali. Alguém parecia ter mais sorte na vida do que sua própria eu.

Não me pergunte mais informações sobre aquela garota. Não tinha a menor ideia. Só sabia da nossa total semelhança física, sem tirar nem colocar nada. O que teria acontecido? Imaginei imediatamente minha mãe com duas filhas separadas na maternidade. Ou quem sabe meus pais tivessem me adotado e jamais tiveram coragem de dizer? Ou talvez a garota fosse uma miragem? Ou um espírito? Tá, ela era muito real para ser um espírito. Alguma mentira existia na história da minha vida...

Comecei a me sentir um lixo, sem saber detalhes sobre meu próprio passado. Uma vida igual à minha e tudo tão diferente. Ironia demais! Enquanto olhava a minha igual dançando, um idiota veio falar comigo, alisando meu braço. Cara saidinho demais, meio grudento, então sem chance. Eu ali, tentando entender a minha vida, e o cara, cheirando a álcool, se metendo no meio dos meus pensamentos? Como podia ser capaz de invadir a vida alheia, sem ter noção, na hora errada? Qual seu nome? Você vem sempre aqui? Mora onde? Será que aquele doido não tinha entendido que eu tinha acabado de encontrar comigo mesma? Eu tinha assunto mais sério para resolver. Ainda por cima, ele estava muito bêbado e chato. Se fosse outro dia, juro que tentaria ajudar, mas não estava querendo perder tempo. Meu sorriso amarelo deve ter mostrado minha falta de animação para conversas. Quando vi, o indivíduo não estava mais do meu lado. Alívio.

Aquela moça continuava dançando. Pensei rapidamente no meu passado. Em que segundo, em quais detalhes alguém na minha casa falou em uma irmã gêmea e eu não reparei? Era quase um fato confirmado: minha mãe tinha outra filha. Senti-me culpada de não lembrar dos momentos em que dividimos atenção no berçário. Eu vivia sentindo culpa por não sentir culpa das coisas e mais culpa ainda quando não me lembrava dos acontecimentos. Minha memória, um horror; perdia compromissos e irritantemente lembrava duas horas depois. Sabe o que é estar placidamente deitada no sofá e dar um pulo no ar, seguido de um grito e a conclusão: perdi a prova extra de Matemática? A vida toda fui uma fraude de lembranças. Então, como lembrar de uma irmã? A vida tinha sido boa para ela até ali. Onde quer que morasse, quem quer que a tenha criado, ela parecia melhor do que eu.

De repente, enquanto devaneava, a desconhecida pareceu falar com o amigo, deu passos na minha direção, passou por mim, girou e seguiu para o banheiro. Se existisse claridade ali, seria mais fácil ela me identificar e a gente descobrir logo a chocante situação. Eu só conseguia pensar em uma possível mentira dos meus pais e na reação da garota igual.

Por que alguém idêntica a mim tinha que aparecer no mesmo tempo e quase no mesmo espaço? Como jamais tive a intuição de sua presença no mesmo sistema solar? Precisava chegar perto dela, constatar que nem nos parecíamos tanto assim e sair do recinto com a confirmação de ser apenas um equívoco mental.

O pequeno banheiro feminino da boate favoreceria o encontro. Até hoje não entendo por que os proprietários desses lugares induzem você a beber todo o líquido do mundo, se os bares das boates, sempre grandes, bonitos, não têm nenhuma estrutura para fazer xixi. Aí ficam aquelas filas enormes na porta do banheiro, com aquelas patricinhas travando suas perninhas, como se a qualquer momento fossem fazer nas calças.

Para minha sorte, o banheiro não estava cheio. Uma fila encostava na parede e liberava caminho para quem quisesse apenas se olhar no espelho, lavar a mão ou falar ao telefone. A igual a mim estava se olhando no espelho. A bolsa, linda, pequena e dourada, estava aberta em cima da pia e ela passava um batom Chanel, num rosa perfeito. Parei ao seu lado e confirmei meu susto inicial: ELA ERA A MINHA CARA! Igual a mim. Uma desconhecida com um corpo muito conhecido. Xerox. Cópia. Não me lembro de ter vivido outro susto tão grande na vida. Uma replay de mim com gol aos 47 do segundo tempo.

Fiquei séria, olhando para ela, e não consegui esconder minha surpresa. Precisei apertar meu lábio inferior no superior para não me sentir tão patética. Minha replay retocou o olho com o lápis, calmamente, com uma placidez irritante, e de repente girou o pescoço na minha direção. Estava me vendo. Não me pergunte o que estava pensando. Não consegui decifrar sua postura. Eu me senti completamente horrorizada com a sensação de me ver duplamente naquele espelho. Me vi única no espelho antes de sair de casa e agora é como se tivesse me multiplicado em duas. Mas aquela garota agia por conta própria, sem que eu pudesse me intrometer, dizer sim ou não.

Alguns segundos naquela cena, uma música ácida começou a tocar na boate e senti um ar de desprezo e deboche. Como alguém igual a mim podia me olhar com ar de superioridade? Enquanto eu pensava absurdos, sentia falta de ar e me transformava em um horrendo ponto de interrogação humano, ela disse:

— Você é uma idiota!

Arregalei os olhos e desastrosamente perdi meu eixo. Como assim, eu, uma idiota? Foi exatamente isso que ela disse. Idiota! "Você é uma idiota!" Quem aquelazinha pensava ser para, na primeira vez que falava comigo, me chamar daquele jeito? Ai, que sensação nojenta a igual a mim me chamando de idiota. Minha fase não andava das melhores, quase concordei, mas foi muita ousadia usar aquele termo. Péssima cena, pior do que previ. Nada de abracinho amigo, olhos emocionados e gritos de euforia ou saudade do nosso tempo de berçário. O que, em que tempo, eu tinha feito para receber tanto rancor de volta?

— Como assim, idiota? — enchi o peito para encará-la.

— Você é uma idiota, querida.

Antes que eu pudesse compreender aquele momento, a minha igual jogou a maquiagem dentro da bolsa per-fei-ta e saiu me deixando bem acompanhada dos piores ruídos que um banheiro pode gerar.

Arghhhh... Fiquei querendo me bater, ou bater nela. Ai, que raiva. Eu estava novamente sozinha com aquele "idiota" latejando na minha têmpora. O som da boate ao longe, minha cabeça girando, vozes invadindo o banheiro em um comboio de meninas que perdeu a oportunidade de ver meu encontro, literalmente, comigo mesma. Respirei fundo, tentando me refazer do susto e saí do banheiro sem ter coragem de me olhar novamente naquele espelho. Eu só podia estar ficando louca.

Quem poderia ser aquela garota? De onde ela me conhecia? Eu nunca tinha visto aquela indivídua, nada fizera para ela e fui xingada sem nenhuma cerimônia. Vamos combinar... Eu, uma garota do bem, incapaz de aprontar com qualquer pessoa e reconhecida pelos meus amigos por ser super gente boa, verdadeira, amiga e querida, ser chamada de idiota assim? Só não revidei a grosseria porque ela parecia minha xerox e eu ficaria com a arrepiante sensação de xingar a mim mesma.

O intrigante do encontro foi não ter sentido nenhuma reação de surpresa por parte dela ao dar de cara comigo, como se soubesse que em algum lugar existia alguém igual a ela. Impossível encontrar alguém no meio da rua que é a sua cara e perguntar se a cópia poderia lhe dizer que horas são. Ou eu estava muito atrasada e o avanço dos clones tinha superado minhas expectativas, ou não sabia algo muito importante sobre o meu passado. Ela sabia de algo que eu certamente desconhecia, mas precisava descobrir para o bem de minha sanidade mental.

Olhei ao redor da pista de dança. Outro desconhecido segurou meu braço como se fosse íntimo e me soltei sem dar a mínima para o cara. Eu só queria achar a mim mesma na boate e olhar novamente para a desconhecida tão conhecida. Ou seria uma conhecida desconhecida? Depois de rodar entre pessoas com sorrisos tatuados na boca, constatei que ela não estava mais por ali. Após me sentir duas, eu parecia estar sozinha mais uma vez, sem nenhuma outra igual a mim por perto.

Novamente, pensei em ligar para Tito. Estava me sentindo insegura, indefesa, vazia, cheia de dúvidas e com um desejo de me esconder no primeiro buraco escuro. Nada vinha sendo fácil nos últimos dias. Senti vontade de chorar. Precisava de colo. Meu melhor amigo estava fazendo a falta do ano e não sabia nem a metade do drama que eu estava vivendo. Ser traída ficou pequeno diante da descoberta de não ser a única versão de Thizi no universo. Se não bastasse minha vida pessoal estar uma bagunça, agora um novo item consumiria meu pensamento. Ainda tinha que entender por que a segunda opção de mim era tão desaforada. Eu só podia estar ficando maluca.

Sentei no meu carro novo, com o astral completamente diferente de quando cheguei à boate. Tinha ficado cara a cara com uma garota que, sem dúvida, carregava segredos meus. Uma cena estranha, nem com cem anos eu esqueceria. Como eu a encontraria novamente? O que mudaria? Meu futuro daria no mesmo lugar? Seria difícil acordar no dia seguinte como se nada tivesse acontecido.

Tito mais uma vez rondava meu pensamento. Meu melhor amigo. O cara mais importante da minha vida. Segurei o telefone, mas o medo me impedia de colocar o código de acesso para chamá-lo. Para meu desespero, sem eu ter feito nada de maneira direta, Tito continuava muito magoado comigo. Só podia mesmo sentir sua falta e esperar. Esperar era o verbo mais difícil de conjugar naquele momento e o mais necessário. Que o tempo trouxesse respostas e libertasse meus pensamentos cheios de dúvidas, perguntas, receios e reclamações. O destino, que estava me devendo satisfação, resolveu me testar sem meu consentimento.

Capítulo 3

Verdades

Vamos esclarecer os fatos. Há um mês, eu tinha terminado com Tadeu, depois de muitas traições — a traída, eu —, sendo motivo de comentários e pena de muita gente. "Como ela aguenta isso? Por que não manda esse cara embora? Por que aceita o cara ficando com todas?" Quando escutava algum comentário, conversava com Tadeu. Ele se ofendia. Quando eu insistia nas perguntas, ele dizia ser veneno puro e ressaltava a possibilidade de a inveja estar azucrinando nosso namoro. Nunca vi nada, nunca o peguei no flagra e ele era tão convincente em suas desculpas que eu analisava os fatos e os entendia como intriga da oposição. A gente parecia feliz, tinha um namoro bom, e a conclusão menos dolorosa e mais superficial era a de que a nossa felicidade parecia irritar as pessoas. Assim, eu endossava o discurso preferido do meu ex-namorado.

Hoje tenho uma certeza: nunca fui feliz no namoro. Quando a traição final aconteceu, as fichas foram caindo. Todas as intrigas surgiam na minha frente como verdades. Quanto mais pensava nos acontecimentos, mais sem graça ficava. Não queria mais ser a traída oficial da Barra da Tijuca. Como consegui viver por um ano uma situação pela metade? Tinha a sensação de ter encontrado com vários anões, com roupas coloridas, dançando ao redor de mim, me dando flores, sorrindo e dizendo: sua vida é como a gente. Não cresceu tudo o que deveria, é pequenininha. E os anões tinham enormes bocas, falavam de mim por todos os cantos, detonando minha imagem e divulgando minhas entranhas como se aquela traição fosse pública e pudesse ser devorada por todo mundo. E por que as pessoas ficavam felizes com a minha tragédia, passando adiante uma história que não as pertencia?

Apesar de questionar meu namorado durante todo o período do relacionamento, não conseguia esquecer como foi assustador quando minha grande amiga Beta chegou cedo à minha casa naquele domingo. Eu ainda na cama, apagada, coberta por um lençol, ar-condicionado ligado no último e ela querendo me ver de olhos abertos para ouvir o que acontecera. Não combinava com Beta acordar cedo, muito menos no domingo e muito menos com a voz trêmula. Rapidinho sentei na cama, pronta para saber o motivo da visita:

— Acorda! Cadê o teu celular? Te liguei mil vezes. O mundo deve ter te ligado um milhão de vezes!

Nunca mais esqueceria aquela manhã e o olhar de Beta. O assunto se mostrava sério. Olhei o quarto, a amiga estava sozinha, assustada, tremendo e querendo falar tudo de uma vez só. Ao ouvir o bafafá todo, me dei conta do tamanho do rombo. Tadeu, meu namorado querido, tinha sofrido um sério acidente de carro. Na noite anterior, quando se despediu de mim alegando que acordaria cedo no dia seguinte, encontrou Gabiru, seu amigo mais chegado e parceiro nas mentiras, e se mandou para a boate Back Blue para aprontar das suas. Mais uma vez, eu não saberia. Caso soubesse, ele negaria até o mês seguinte e tudo seguiria na nossa santa falsa paz.

Só que, naquela noite, Tito, meu amigo maior, estava lá. Do alto do segundo andar, conseguiu fotografar Tadeu agarrando e beijando uma loira que eu conhecia de vista. A foto não estava das melhores. Tito esperou uma hora até que o jogo de luz colaborasse, desse um clarão na pista de dança e conseguisse o flagra. Assim, quando um raio pareceu cair na pista de dança, Tito disparou a máquina. Pronto. Agora estava feita a foto oficial que provava não só uma mentira, mas todas as outras escondidas até então. Tadeu estava com outra. Antes que você pense, a tal nem de longe parecia a igual a mim na pista de dança. Porque, nesse caso, ele teria uma bela desculpa: "Ué, achei que fosse você". Mas não, a menina nada tinha a ver comigo. Não havia nenhum tipo de confusão de imagem; foi traição mesmo, das feias, na frente de vários conhecidos e na boate que frequentávamos.

Quando o dia amanheceu, Tadeu e Tito se encontraram na fila de pagamento. Tito não guardou segredo e claramente afirmou que finalmente eu conheceria o babaca do meu namorado. Tadeu não entendeu de imediato. Tito explicou com todas as letras: tinha tirado uma foto da traição da noite. Tadeu engasgou, ficou com os olhos imediatamente vermelhos pelo ódio e o ameaçou. Os dois discutiram feio e os homens pseudovestidos de MIB — *Men in Black* — colocaram um para cada lado. Quando a turma do deixa-disso achou que o problema tinha sido resolvido, Tadeu simplesmente não aguentou ficar calado e partiu pra cima. Deu um gigantesco soco na cara do fotógrafo da noite. Um sangue bem vermelho escorreu e se espalhou para todos os lados. Para Tito não virar saco de pancada, foi colocado dentro de um carro e o tiraram do local do crime.

Tadeu saiu furioso, gritando em voz alta várias ameaças. Gabiru tentou acalmar os ânimos e foi embora acompanhando o amigo traidor de namorada. Segundo testemunhas, o carro de Tadeu seguiu pela avenida das Américas, com ele gesticulando muito e demonstrando estar completamente bêbado. Em uma curva perto de uma cabine policial, perdeu o controle do carro e capotou até parar com fumaça saindo pelos quatro lados do veículo.

Depois da batida, um enorme silêncio. Silêncio de Tadeu e Gabiru, desmaiados no interior do carro. Silêncio do meu sono, dormindo como um anjo. Silêncio no olhar perdido de Tito, que, sem a mínima noção do acidente, pensava em como me contaria a traição, a briga, o soco e o sangue...

Beta terminou de contar a história, sem saber qual seria minha reação. Apesar do choque, não derramei uma lágrima. Aquilo mais parecia um pesadelo sem propósito do que verdade verdadeira. Nenhuma informação daquelas parecia ser para mim. Meu namorado me traíra, fora flagrado beijando a boca de outra — a foto provaria — e brigara com meu amigo. Completando a noite, dirigiu em excesso de velocidade e, na companhia de seu melhor amigo, enfiou a cara em um muro. Euzinha, simplesmente, tinha passado algumas horas dormindo. Nunca me senti tão inocente em uma história.

Quando achei que sabia de tudo, Beta contou os detalhes sórdidos: Tadeu beijara a outra na frente de um monte de gente conhecida, inclusive do povo da praia; Tito tomou um soco no rosto tão violento que teve que operar o nariz; Tadeu estava correndo risco de perder um dos rins, perdeu dentes e abriu um corte enorme no braço esquerdo. Para completar, Gabiru estava em estado grave, com traumatismo craniano. O carro teve perda total, atraiu até a presença da imprensa, que ficou chocada com o estado final do veículo, que mais parecia um cuspe no muro. Enquanto isso, eu continuava um dos assuntos mais comentados no Twitter. Deveria rir ou chorar?

Os próximos dias seriam de doer. Beta me olhava, esperando alguma reação:

— Amiga, fala alguma coisa, pelo amor de Deus!

— O que posso dizer? Estou oca. Não sei o que falar, é melhor calar. Tô preocupada com o Tito, magoada com o Tadeu, mas também preocupada com ele e triste até pelo Gabiru, que nunca foi meu amigo.

— Calma, amiga. Estamos do seu lado. Eu e todo mundo.

— Tô vendo. Sou um dos assuntos mais comentados no Twitter. Preciso falar com o Tito.

— Acho que o Tito não quer falar com você.

Ao escutar isso, aí sim, desabei de chorar. Passei o resto do tempo recebendo carinho de Nil e Beta, que não saíram do meu lado nem um minuto.

Apesar de toda a decepção e da triste constatação de Tadeu ser viciado em mentir, liguei alguns dias para saber do seu estado de saúde no hospital. Me sentia humilhada, mas solidária, torcia por sua recuperação. Ele estava sedado, mas melhorava lentamente. Desligava o telefone chorando depois de dialogar com uma fria enfermeira. Chorava dias por estar no meio de uma das maiores crises existenciais de humilhação por minha exposição pública. Virara assunto na internet inteira. Por isso, encontrar as pessoas não estava sendo minha atividade favorita, e, um mês depois, parei naquela boate sozinha e, sei lá por que, dei de cara comigo. Mas aquela não seria a única vez.

Alguns dias depois do primeiro encontro, quis respirar um pouco sem ninguém por perto. Esperei Nil sair para fazer compras no supermercado e resolvi ir à praia. Queria olhar o mar, sentir o cheiro daquela imensidão e aproveitar o sol lindo.

Coloquei a canga na areia e sentei para admirar as ondas. Cada uma equivalia a uma pergunta sobre aquela minha fase tão dolorida e desencontrada. De repente, tudo parecia ter desabado na minha cabeça, como se um garçom viesse com uma bandeja cheia de sucos e a virasse em cima de mim. A ausência dos meus pais, pela primeira vez em anos, me incomodou. Eu me sentia naquele segundo pós-líquidos na cabeça estática, esperando que alguém viesse me ajudar e com uma leve vontade de chorar. Ninguém apareceu.

Tito e eu estávamos distantes. Meu amigo me mandou uma mensagem pedindo um tempo para pensar e disse que me amava de longe, torcendo para eu não esquecer como ele me queria bem. Tudo aquilo me doía como só acontece quando estamos no auge da dor.

Ali na praia, olhando aquele mar, lembrando de cada ocorrência, me perguntei por que minha vida tinha revirado de maneira tão ruim. Sentia aqueles problemas como sendo apenas meus e de mais ninguém. O mundo não seria afetado, ninguém estava nem aí, mas aquilo, para mim, tinha formato de tragédia, com o peso de uma tragédia mundial. Sentia meu mundo inteiro pequeno de uma maneira enorme.

Quando olhei para o lado, em direção a uma barraca verde com flores lilás enormes, percebi que Tadeu ter me traído, dado um soco no meio da cara do meu amigo, destruído seu carro, se ferrado no acidente e feito Gabiru ficar entre a vida e a morte significava pouco perto do meu desafio de viver, pois lá estava a garota igual a mim, feliz, sorridente, rodeada de amigos.

Pela segunda vez via aquela garota que começou a aparecer sem nenhuma explicação ou autorização. Passei a encontrar uma pessoa que era a minha cópia, sem saber nada sobre ela, e o pior: não sei se queria me ver daquela maneira.

Na boate, ela estava cheia de estilo, com um vestido lindo, brincos grandes e brilhantes, um esmalte com cara de ter sido comprado na loja mais cara de Nova York. Honestamente, não tinha ideia de que meu cabelo podia ficar tão especial e estiloso. A bolsa coloridérrima, com um tecido roxo e uma flor da mesma cor costurada no meio.

Observei o seu jeito de falar, segura de si, a maneira de passar a mão no cabelo, o sorriso combinando com enormes óculos de sol, em um azul transparente diferentérrimos. Aquela garota entendia de moda.

Eu não sabia o que fazer. Puxar assunto, tentar conversar e escutar novamente que eu parecia uma idiota? Enquanto me sentia sem ação, percebi que a tal estava me olhando. Ela me via e também me reconhecia de maneira estranha. Tenho dúvida se estava se vendo em mim. Eu entendia o que ela estava sentindo, me identificando do encontro na boate ou se reconhecendo em mim na vida. Respirei fundo. Não tinha coragem de falar, meu corpo paralisado me fez sentir uma menina de quatro anos sendo pega em alguma arte muito feia. Como a gente diz para a gente mesmo quem a gente é?

Resolvi dar um mergulho no mar. Podia ser uma dessas miragens de deserto. Talvez com a água fria e algumas ondas na cabeça eu pudesse voltar a ser a única versão de mim mesma no planeta. Era como ligar a televisão e estar ali, fazendo uma novela, sem saber como me colocaram na trama e como virei protagonista.

Na água, mergulhei passando embaixo das ondas, em um silêncio delicioso, e depois fiquei um bom tempo aproveitando a calmaria da água, de costas para a areia. Quando me virei, vi um casal ao longe brigando. Ela, loira, um corpinho magrinho, bonito e permanecia ainda vestida, discutindo com o namorado, que aparentava ser sarado. Ele vestia uma sunga preta, mostrando seu corpo com cara de modelo de comercial. De longe, eu via os dois gesticulando. Ela reclamava, ele rebatia, ela aumentava a intensidade dos movimentos e ele fazia cara de "você é maluca!". Fiquei me perguntando quantas vezes eu e Tadeu não fomos vistos na mesma situação em brigas intermináveis, enquanto figurativamente eu permanecia de roupa e ele já curtindo um solzinho de sunga. Minha vida se repetia na vida dos outros, em pequenas doses, através do meu olhar. Eu parecia um pouco as pessoas que via pela rua. Gente que nunca tinha me visto e jamais saberia de minha existência.

Saí da água com mais perguntas do que entrei. Por que perdi tanto tempo com um cara que não merecia nem algumas horas da minha existência? Por que aceitei passar por isso? Por que temos o hábito de esquecer nossa própria vida por alguém que não merece a mínima atenção? Por que aquela garota cismou de aparecer na minha vida? Por que somos obrigados a ver o que nem sempre sabemos entender? Qual a razão de Tadeu me trair na frente do meu melhor amigo? O que aprenderia com aquilo tudo?

Quando saí da água, a areia parecia mais quente do que antes. A igual a mim tomava uma água de coco, enquanto gargalhava com um amigo perfeito, desses que a mãe parecia ter todo o cuidado para inventar, com cabelo arrepiadinho, rosto de príncipe da Branca de Neve e um corpo escultural — eu sempre imaginei o príncipe da Branca de Neve como o mais lindo de todos. As gargalhadas dos dois chegavam aos meus ouvidos repetidamente como um coro irritante de garotas felizes, namoradas dos caras mais legais de todos. A história devia ser mesmo hilária. Passei pelo casal aparentemente sem ser notada e me sentei na canga. Assim que me deitei, a minha igual parou de rir, olhou na minha direção, balançou a cabeça negativamente e seguiu a conversa.

Não consegui decifrar se o seu amigo reparou em mim. Agora eu tinha duas certezas: a moça sabia que existia alguém igual a ela, e mais: ela não gostava mesmo de mim.

Capítulo 4

Fora

Eu estava sem o controle da minha vida e parecia que a fase duraria para sempre. Para piorar, as questões cotidianas não ajudavam. Passei a ser interrogada por amigos e inimigos, e, nessa hora, ambos pareciam agir da mesma forma para explicar sobre uma noite em que eu não estava presente. "Como deixei Tadeu bater no Tito?" Qual parte do "eu não estava na hora da briga" as pessoas não entenderam? Ainda tentava me explicar pacientemente, gastando, como diria vovó, meu latim. Nil mandava não ligar, as fofocas passariam, mas, estar ali, com a pele em carne viva e a azeda sensação de tomar um antibiótico sem água, era desanimador. Era doloroso encarar tantas derrotas sem o apoio de Tito, que permanecia em casa, cuidando do nariz arrebentado, sem demonstrar vontade de retomar nosso contato diário, fraterno e caloroso.

Não contar com sua presença ao meu lado ficava difícil, mesmo assim respeitei o afastamento. Suas atitudes confirmavam que ele era meu melhor amigo há mais tempo do que eu conseguia somar. Para ele, desabafava tudo, até os momentos de atitude patética, insegura, amoral ou pequena. Mostrava meus sentimentos secretos sem jamais ser questionada ou censurada. Além de tudo isso, sempre achei Tito lindo, com o sorriso de dentes muito brancos, cabelos soltos perfeitamente alinhados, um delicioso e inesquecível cheiro. Seu perfume muitas vezes invadia meu pensamento. Tinha também a pele branquinha, o cabelo escuro, queixo anguloso e um olhar que eu amava ver e rever.

Vamos direto ao ponto. Você pode achar que escolhi o cara errado e que Tito deveria ser meu namorado. Também acho, mas desde quando a vida real segue o rumo certo? Mesmo que sua vida tenha ares de versão cinematográfica, no mundo verdadeiro mocinhas de verdade são abandonadas, cachorros sofrem maus-tratos e finais felizes contamos nos dedos. Tito continuava meu grande cúmplice e parceiro, o cara mais legal de todos, mas nunca me imaginei trocando carícias, ou beijando-o na boca. Desde o início foi assim.

Tito virou meu amigo tão rapidamente que nunca vi outra possibilidade de relacionamento. Mesmo quando tocava uma música lenta, ou a noite chegava e a gente ficava olhando o céu de mãos dadas. Foi com ele que tive as conversas mais importantes da vida, que cantei enquanto ele tocava violão. Foi ao seu lado que assisti ao Sol se pondo no horizonte da maneira mais bonita e isso aconteceu mais de uma vez. Apesar disso, a gente nunca pensou em nada além de amizade. Nunca. Éramos namorados sem ser. E Tadeu foi meu namorado sem nunca ter sido verdadeiramente.

Assim que voltei da praia, Nil me avisou que Tito passaria lá em casa para conversarmos. Falou isso despretensiosamente, como se dissesse que abriu as janelas para circular melhor o ar, e seguiu para a cozinha cantarolando Caetano Veloso: *Mexe qualquer coisa dentro, doida. Já qualquer coisa doida dentro mexe.* Nil sabia todas as músicas do cantor, adorava, pulava na cozinha quando sintonizava Caetano no rádio. Seu sonho era encontrá-lo ao vivo, andando pela praia da Barra da Tijuca. Escutando Nil cantarolar, voltei a pensar em Tito. Tinha lembrado tanto dele na praia. Como seria nossa conversa? Digna de livro e tanto deveria ser dito. Queria me desculpar pelo papelão ridículo do Tadeu, falar da minha decisão de acabar o namoro e contar sobre ter encontrado a moça igual a mim duas vezes. Também estava morrendo de saudade. Há mais de um mês a gente não se encontrava.

Tito chegou sem fazer muito barulho. Se falou com a Nil, não escutei. Quando o vi, parado na porta do meu quarto, senti um leve frio na barriga. Não sorrimos. Parecia um primeiro encontro, cheio de cerimônia, esquecendo os sete anos de convivência.

— E aí? — A voz dele era uma incógnita para mim. O que morava dentro daquele "E aí?": "E aí, tudo bem, a vida segue", ou " E aí, eu descobri que te detesto".

— Você tá bem? — Realmente queria saber como ele estava, além do curativo enorme no meio do rosto, um rosto saindo além do esparadrapo e o nariz escondido, envergonhado por ter apanhado do meu ex-namorado.

— Tô melhor.

O soco tinha sido bem dado, ou muito mal dado. Tive vontade de passar a mão no seu rosto, implorar desculpas, mas não tive coragem e não saí do lugar. Meu melhor amigo, sempre tão gente boa, tão meu parceiro, e eu não impedi meu namorado de bater em quem não merecia. Lá estava ele, um olho quase fechado, com sangue pisado na parte branca, visão que imediatamente acabou comigo.

Muito difícil explicar meu sentimento por Tadeu. Não parecia efetivamente raiva, muito menos ódio, somente um vazio no coração. Os dias bons, as palavras de amor, a vontade de ficar junto, de ser feliz, todo o esforço dele para me levar a lugares maravilhosos, de me exibir como um presente na frente dos seus amigos e viver algo especial, nada disso parecia ter valido ou sido feito de coração. Tudo para nada, para satisfazer um ego, para ficar enquanto fosse conveniente e satisfatório. Eu me sentia uma bonequinha de luxo. Tito também me via daquele jeito na vida de Tadeu, como uma bonequinha de luxo perdida nas bocas fofoqueiras.

— Queria conversar com você — disse Tito, com uma voz de desânimo que me deprimiu.

— Eu sei. Também queria.

— A foto está aqui. O motivo dos pontos no meu nariz é esta foto...

Tadeu segurava os cabelos de uma loira com vontade em um beijo esfuziante. Ainda consegui reparar que a camisa lembrava a do Natal do ano anterior, um presente meu. Quantas vezes me traiu com roupas que lhe presenteei com carinho? Um feixe vermelho de luz passava no meio da foto, quase como uma tarja de proibido.

— É sua — devolvi a foto para Tito. Não tinha vontade nenhuma de ficar com aquele registro fotográfico. Vi e pronto. Não esfregaria aquela foto na cara do Tadeu. Ele tinha beijado a garota, estava feito, eu tinha visto, todos os interessados agora sabiam.

— Thizi, queria conversar com você. Não vou ficar aqui explicando nossa amizade. Sempre disse que Tadeu não prestava. Você nunca acreditou em mim, sempre defendeu o cara. Só eu vi o maluco com cinco garotas diferentes e quase perdi meu nariz pra te defender. Não quero mais ser sua sombra, falar o que deve ser feito pra te ajudar a salvar um namoro falido. Isso nunca vai ser o que você precisa, quer e merece. Não posso mais ser seu amigo, seu irmão, ou seja lá o que sou.

— Como assim, Tito?

— Esse teu namoro com Tadeu me coloca fora da sua vida. Pode acreditar que é muito estranho te dizer isso.

— Que namoro? Não vai mais ter namoro.

— Não quero mais isso pra mim. Não quero mais ser seu babador oficial. As pessoas estão me chamando de otário. Afirmo: tô com cara de otário. Não quero mais isso pra mim.

— Você não é otário, você é meu melhor amigo e a gente sabe como a nossa amizade é importante.

— Importante pra quem? Esses nossos encontros vão ter que acabar de vez. Eu vou aprender a não conviver mais com você.

— Tito, para com isso. Não sei viver sem a nossa amizade. Você é quem eu quero encontrar todo dia. Existe na minha vida como nunca imaginei. Tenho coisas pra te contar. — Egoisticamente queria contar da igual a mim, saber o que ele achava disso, mas fui interrompida antes de seguir a conversa.

— Pô, desculpa, mas eu não tô bom pra escutar nada hoje. Você vai ter que aprender a contar sua vida pra outra pessoa.

Senti uma enorme pena dele, com aquele curativo enorme no rosto. Quando ia tentar dizer algo mais, ele saiu. Sabe quando a conversa fica pela metade e a outra metade parece desaparecer? Meu melhor amigo estava magoadíssimo comigo.

A noite na boate continuava o assunto do mês no nosso círculo de amigos. Aconteceu o que muita gente previra. O namorado e o melhor amigo de Thizi haviam feito finalmente o duelo esperado, e o mais chato de tudo: Thizi era eu. Thizi, eu, a garota de sorriso largo, alta, de corpo magro, cabelos longos e olhos esverdeados.

Fiquei o dia todo no quarto. Queria ter dado um daqueles abraços demorados em Tito para mostrar sua importância para mim. Curiosamente, no meu namoro com Tadeu, abraços demorados não existiam. Muitas vezes sentia como se fosse apenas um conhecido beijando minha boca. Nossa relação parecia ter prazo de validade, ainda mais quando os boatos de traição e comportamento duvidoso passaram a ser repetitivos e vindos de todos os lados. Mesmo não querendo, meus ouvidos passaram a cobrar uma atitude: "Como é que a Thizi vai ficar beijando esse cara? Ele a está traindo!!!". Eu estava muito arrependida de não ter escutado Tito quando ele me contava as armações de Tadeu.

Com dúvidas e me sentindo perseguida pelo fantasma da mentira, continuei levando adiante a relação que não existia mais. Fui complacente com minha própria infelicidade. Tito enfrentou a história por mim, encarou meu ex-namorado para me defender e, mais uma vez, eu estava em dívida com meu melhor amigo e nem sabia mais se seríamos melhores amigos.

Passei alguns dias olhando para o teto, esperando por um telefonema do Tito, mas quem deu o ar da graça foi o Tadeu. Tinha acordado, estava melhor e passou a me ligar novecentas vezes por dia. Queria carinho e dizia isso com voz melosa. Continuava no hospital, tinha feito vários exames e seguia com sérios problemas no rim. Gabiru continuava em coma:

— Gabiru é vaso ruim e não quebra. Mas, falando sério, a enfermeira disse que ele andou abrindo os olhos e daqui a pouco tá melhor. Gabiru é parceiro — dizia Tadeu com suas gírias que agora me incomodavam terrivelmente, evitando qualquer comentário sobre o soco que descolou o nariz de Tito. Estava claramente fugindo do assunto, se fazendo de surdo, fazendo a linha ausências, como se escolhesse falar apenas do que era conveniente

Quando eu tentava tocar no assunto, escutava:

— Gata, deixa eu melhorar. Por enquanto, deixa como tá, tô ferrado demais. A polícia teve aqui pra me ver. — Ele parecia ter decorado esse texto, me contando da visita da polícia e de como estava sofrendo por ter destruído o carro no acidente. Juro que em alguns momentos o carro, com seguro, parecia mais importante do que o melhor amigo em coma. Cada dia mais tinha a certeza de que precisava fazer algo por mim, pela minha vida e pelas confusões em que, mesmo sem querer, estava metida.

Capítulo 5

Não posso mais

A ÚNICA NOTÍCIA QUE SOUBE DE TITO FOI BETA QUEM CONTOU: meu melhor amigo tinha ido visitar Gabiru, por quem nutria amizade, os dois tinham feito o pré-vestibular juntos. Eu estava sem coragem de telefonar, de pedir pelo amor de Deus para que meu amigo voltasse a me procurar. Sua ausência tornava o dia a dia difícil, mas não queria ser egoísta.

Beta se tornara também minha comunicação com o mundo exterior das fofocas, contando todo o disse me disse. Desagradável vê-la na beira da cama, no mesmo lugar em que estava quando a bomba estourou, dizendo: "Não ia te contar, mas se você souber o que aquela idiota disse do seu namoro...". Queria saber, mesmo com o incômodo, cada detalhe dito, cada comentário. Impressionava o número de mentiras nascidas depois do embate entre Tito e Tadeu. Beta contava o falatório do mundo exterior sem freio, com tim-tim por tim-tim dos comentários das pessoas. Terrível quando chega a sua vez de ficar na boca do povo, sendo motivo de falação, sem direito a defesa. Até um dos porteiros do meu prédio me olhava de rabo de olho, querendo descobrir se eu andava comendo, dormindo ou chorando. A empregada do 202, a mais fofoqueira do prédio, tinha sido flagrada por Nil no hall dizendo:

— O namorado dela quase matou o amigo, aquele que vive pra lá e pra cá com ela. Depois meteu a cara no poste, tentando se matar, e um tal de Gabiru é que parece que vai morrer.

Sabendo disso, concluí que algumas pessoas deveriam ter um esparadrapo para sempre na boca.

O julgamento das pessoas não tinha limites e eu estava começando a sentir culpa pelo acidente com Gabiru. A maioria das pessoas me achava culpada por ter deixado a história chegar a esse ponto. Interiormente, eu também carregava a mesma culpa, só não queria ficar pensando no que já me beliscava:

— Não quero saber de mais nada, Beta.

— Você não tem que ligar pra essas pessoas, amiga! A galera sempre fala de alguém, daqui a pouco é outro na mira.

— Ainda bem que meus pais não estão aqui pra acompanhar essa baixaria. — Dessa vez, a distância deles era um alívio. Menos explicações e cobranças.

— Quando seus pais estão aqui? Nunca, né? — Beta tinha razão, mas mesmo assim resolvi me arrumar e sair. Não queria mais ficar escutando o discurso desenfreado e repetitivo dela.

Achava a Beta muito animada, bonita, querida e o tipo de pessoa boa para encontros felizes, mas ela falava descontroladamente. As pessoas têm defeitos. Passei ao seu lado momentos divertidos, mas nos assuntos sérios ela queria ajudar e vez por outra atrapalhava. Sabe quando o cérebro reconhece o problema, mas a cabeça não quer ser avisada? Nunca tive coragem de assumir as traições de Tadeu, e Beta, nesse caso, piorava a história repetindo o dia do acidente, a confusão toda que eu já tinha decorado: Tadeu tinha me traído na frente de um monte de gente conhecida; Tito tomou um soco tão violento que teve que operar o nariz; Tadeu estava correndo risco de perder um dos rins, perdeu dentes e abriu um corte enorme no braço esquerdo; Gabiru estava em estado grave, com um traumatismo craniano; o carro teve perda total, atraindo até a presença da imprensa, chocada com o estado final do veículo, que mais parecia um cuspe no muro; e euzinha passei a ser um dos assuntos mais comentados no Twitter. Tudo isso para rir ou chorar? Decorei, não decorei?

Enquanto eu vestia uma blusa, lembrei da minha xerox me dizendo no banheiro da boate: "Você é uma idiota". Sabia ela das minhas escolhas patéticas? Aquele enorme desdém no olhar seria por isso? Tinha sido péssimo alguém, quase eu mesma, ter me chamado de idiota, mas ela estava certa: eu me sentia uma idiota.

Deixei Beta falando sozinha com a desculpa de sair urgente para resolver um problema. Embora tivesse a fofice da amiga, eu precisava respirar um pouco sozinha. No auge de tantas incertezas e uma úlcera no estômago, nuvens cinza-escuras moravam em cima da minha cabeça e uma sombra pesava nas minhas costas. Eu queria sair, mesmo para não ir a lugar algum.

Primeiro segui pela orla, respirando o ar vindo do mar, que faz tão bem. Tentei me distrair olhando as pessoas e a natureza tão descaradamente poderosa. Quanta gente caminhando, buscando um bem-estar físico. Por que minha vida estava tão confusa e cheia de emoções? Por que minha cabeça pesava tanto? Por que eu não ia para o calçadão caminhar como todo mundo? Por que um desânimo poderia me levar a dormir para sempre?

O telefone começou a tocar sem parar na bolsa. Podia ser Tito, eu estava morrendo de saudade e só por isso busquei o celular, empurrando meu caderninho de anotações, estojo de maquiagem, carteira... Pronto! Olhei a tela procurando ler o nome de Tito. Tito, tinha que ser Tito. Tito, Tito... Não, era Tadeu. Pensei em deixar chamar até o celular ficar rouco. Não tinha como ficar fugindo o tempo todo da minha história mal resolvida. Algum dia precisaria responder aos chamados, ou Tadeu ligaria para Beta várias vezes e ela me devolveria a ligação aos berros, para que o atendesse:

— Oi, meu amor. Vem me ver hoje. Esse hospital tá chato sem você aqui...

Definitivamente, Tadeu era especialista em cinismo. Tinha feito curso em alguma faculdade de altíssimo nível. Impressionante a maneira como dominava as situações, mesmo quando tudo se voltava contra. Estava na hora de terminar meu namoro, assim mesmo, sem maiores enrolações. Não dava mais para sentir minha vida pela metade e me sentir presa ao cara que me fez tanto mal em tão pouco tempo.

Cheguei ao hospital me sentindo meio confusa. Tentei ensaiar o que precisava ser dito. Impressionante como reconheci o cheiro forte de hospital, como se fosse mais real que tudo. Aquele frio no corpo, aquela sensação de silêncio se enfiando entre meus poros e um compasso de espera muito estranho. Definitivamente, minha vida não parecia um filme de comédia romântica, desses em que os acontecimentos são leves, divertidos e perfeitos, mas mesmo assim tinha certeza de que tudo de ruim ficaria no passado e a felicidade chegaria em algum momento.

Não sei se valia a pena pensar no quanto Tadeu me feriu sorrateiramente durante todo o nosso namoro, me traindo e se divertindo com isso, mentindo na combinação de palavras sobre nossa felicidade, sobre estar junto, gostar e seguir. Eu me sentia só, mesmo acompanhada, e ele não saberia o dano causado em mim com todas as enganações. Minha cegueira chegara ao fim. Eu costumava condenar as mocinhas idiotas e de repente me vi na foto de profissional do mês na lojinha das otárias. E, claro, Tito não saía do meu pensamento. Tadeu tinha socado meu amigo e isso eu não perdoaria. Abri a porta do quarto com desejo de fechá-la. Aquele piso limpo, aquele cheiro real de hospital, de novo, entrando com mais força no meu nariz, o tom branco e verde-claro em cada detalhe, uma enfermeira com cara de robô e meu ex-namorado vendo TV em um daqueles canais bem chatos de esporte que poucas mulheres gostam. Ele usava um camisolão verde, estava com o rosto abatido e, por três segundos, senti pena dele, esquecendo a maneira como ele jogou para o alto o nosso namoro e todas as idiotices feitas naquela noite.

Estar ali naquele quarto me fez lembrar de uma teoria sobre ser ou não ser legal. Não é porque a pessoa é legal que será feliz no amor. Quantas garotas superchatas encontram verdadeiros príncipes? Eu não queria alguém comigo porque eu era legal. Não queria um amor simples. Sempre desejei o sentimento mais lindo de todos, um cara ao meu lado por inteiro, para respirarmos juntos — nós dois — um mesmo sentimento de amor. Sabe aquelas cenas de filme, tá, sei que não são reais, o cara nunca é tão perfeito, mas achei que podia, pelo menos, chegar perto disso. Queria ser aquela mocinha sortuda, bem acompanhada e o cara fazendo tudo por mim, por nós dois e pela nossa história. Cheguei a terminar um namoro porque claramente havia um sentimento pequeno por mim. Não sei de onde tirei forças, talvez da vontade de ter um encontro de verdade, mas respirei fundo e assumi que não queria alguém gostando de mim só porque parecia muito legal. O cara gostava da minha maneira de agir, elogiava minhas qualidades, adorava meus olhos verdes, me achava divertida, educada, mas não tinha um sentimento forte, autêntico, sincero. Estava na cara. Ele avaliou nosso histórico, a gente jamais mergulharia em uma paixão avassaladora, era fato. Concordamos, um tanto sem graça, e, depois de me elogiar, como fazem os garotos quando querem terminar um relacionamento, entregou sua vontade de também viver o tão conhecido grande amor. Como eu queria o mesmo, o namoro acabou sem grandes crises.

Tadeu gostava de mim, eu sei, mas simplesmente não conseguia deixar de trair. Problema de índole, caráter, maneira de agir, tudo devidamente batido no liquidificador. Acabei sendo a presa fácil, porque acreditava no que ele dizia. Imagino que, por alguns poucos meses, fui a namorada respeitada, mas depois a essência de se divertir com mulheres, a necessidade de buscar aventuras, a infantilidade para se exibir para os amigos falou mais alto e passei a ser a namorada oficial, recebendo desculpas, a compaixão das pessoas e as mentiras rotineiras. Eu terminaria o namoro porque simplesmente estava esgotada, mas, pelo jeito que me olhou quando entrei no quarto, Tadeu não pensava no nosso fim. Para ele, tudo continuava bonitinho.

Sentei bem perto da cama. A cortina branca, com aparência de ter sido pendurada no dia anterior, foi o alvo escolhido para repousar meu olhar. Faltava coragem para encarar Tadeu. Ele era o errado, eu sabia, a verdade estava comigo. Mesmo assim, eu estava sem graça:

— Minha gata, que bom que você veio.

— É, tava devendo uma visita, queria conversar também.

— Se for papo sério, não quero. — Tadeu respondeu como se tivesse cinco anos de idade.

— Infelizmente a gente vai ter que conversar. Não ando pensando em outra coisa e quero resolver a minha vida.

— E a minha vida? Eu tô quase perdendo o meu rim.

— Desculpa se vai parecer que só penso em mim, mas dessa vez preciso ser um pouco egoísta, ou vai me faltar ar pra respirar. No final das contas, acho que isso vai fazer bem pra nós dois. O médico me disse que você tá melhor. Você sabe que não sou do tipo que sai de perto do cara quando ele precisa de apoio, mas pra mim não vai dar. Estou a ponto de explodir, não quero mais nosso namoro. Você não me traiu só essa vez, foram várias, e isso me magoou muito e não quero mais, de jeito nenhum, namorar você.

— Aquele otário. Aquele babaca que você chama de melhor amigo, né?

— Não mete o Tito nisso.

— Eu meto esse cara em qualquer coisa que seja contra mim. Ele é um invejoso. Pena que não consegui arrancar o nariz dele de uma vez.

— Todo mundo sabe que você me traía direto, Tadeu. Agora a culpa é do Tito? Foi o Tito que me traiu? Até a tua prima quis me avisar dos seus escorregões.

— Já te disse que minha prima foi apaixonada por mim. Não dá pra você esperar minha saída desse hospital?

— A sua saída independe das coisas que sinto. Não quero mais o nosso namoro. Posso te dar uma força como amiga, mas namorada não sei mais ser.

— Tudo bem. Você tá chateada por causa da parada da foto. Vai passar e depois você vai ver que eu fiz, sim, uma besteira, mas gosto de você pra caramba.

— Uma besteira? — Impressionante como, quando é para se defenderem, as pessoas são capazes de reduzir culpas. Eu já tinha sido cega demais até ali. Tadeu não tinha feito só uma besteirazinha, tinha saído com várias garotas da Barra da Tijuca e mentido sem receio algum, me colocando naquele tipo de situação desagradável em que todo mundo sabe, menos você. Cara de pau do figura falar em uma besteira, como se fosse um detalhe bobo, sem maiores repercussões.

— Sei que você deve achar que cantei todas as garotas da Barra da Tijuca e que menti sem receio algum, colocando você naquele tipo de situação desagradável: todo mundo sabe, menos você, que é cara de pau minha falar em uma besteira só, mas não foi bem assim. Posso te garantir, as pessoas falam demais.

— Tadeu, eu poderia até tentar acreditar em você se...

— Se o quê, gata?

— Se eu quisesse. Não quero mais. Até acredito que você goste um pouquinho de mim, mas não posso repensar a gente junto. Não tem como ser assim, com traição. Antes acreditava em uma relação de duas pessoas, apenas eu e você; no entanto, nunca foi assim.

— Não quer mais acreditar em mim?

— Não quero mais nosso namoro.

— Gata, você tá nervosa, eu também. O Gabiru continua em coma, várias esquisitices acontecendo. — Nisso, concordei com ele, várias esquisitices estavam acontecendo mesmo. O que ele diria se eu contasse sobre andar vendo uma garota igual a mim em plena Barra da Tijuca? — Fica calma, vou ficar bom e a gente vai ter tempo para conversar e definir nossa vida.

— Tadeu, pra mim nosso namoro acaba aqui. Vim ao hospital pra avisar sobre essa decisão. Quero você bom logo, torço pelo Gabiru, apesar de ele ser um chato, atrapalhar nossa vida, mas saúde está acima de qualquer coisa e vou torcer pro cara acordar logo. Vocês são engraçados juntos.

— O leke tá fazendo falta.

— Tô indo. Qualquer coisa, liga. — Eu queria pedir pra ele não ligar, mas aí seria pedir demais. Tadeu era o típico insistente, mimado e me ligaria umas dez vezes até ter certeza do meu não.

Eu só queria ir embora do hospital. Minha saída daquele quarto equivalia a escutar de um juiz: "Vai, você está livre". Tinha assinado minha alforria, liberdade condicional e o resto continuaria resto. Cheguei a dar pulinhos no corredor. Senti uma sensação de alívio, com o coração voltando a bater um pouco feliz, no compasso de antes.

Quando cheguei ao hall do meu prédio, refletindo a possibilidade de Tadeu não ter levado a sério a minha decisão de fim do namoro e pensando que ele provavelmente ligaria de noite, dei de cara com ela. Ela! Eu disse E-LA! Ou eu, sei lá. Ao encontrar com aquela garota, o chão embaixo do meu pé sumiu. Não é algo rotineiro ficar encontrando consigo mesma, sem a menor ideia de quem seja.

Mais uma vez me surpreendi com a sua beleza e arrumação. Estava usando um tênis dourado, calça branca e uma camiseta básica com a frase: "You are the Best. I'm more". Ainda por cima a sirigaita se mostrava irônica. Me senti imediatamente diminuída. Os cabelos perfeitos, um rosto lindo, nela eu me via bonita, as unhas perfeitamente tratadas. Não imaginava que minha mão pudesse ficar tão tratadinha. Olhei os dedos da moça, depois os meus, depois os dela, e estava me distraindo naquelas observações físicas, quando lembrei do desenho de uma cabeça aberta que vira alguns dias antes. Algumas escadas encostavam no rosto, como se alguém pudesse subir aqueles degraus de madeira até o alto do crânio, caindo lá dentro dos miolos. Eu me sentia mergulhada nos meus próprios miolos. Junto do desenho, um pequeno texto falava sobre aprender a ser em toda a plenitude. Quantas vezes quis ser, quando mais me sentia ninguém? Quando sabemos quem somos nós verdadeiramente? Aquela presença tão real me trazia muitas reflexões e um enorme medo do caminho a ser percorrido até a tal e sonhada totalidade. Que papo-cabeça eu estava tendo, enquanto observava meu corpo na minha frente? Plenitude do ser era algo sobre o qual eu não tinha a menor ideia.

Resolvi encarar a minha igual olho no olho. Queria mesmo saber sobre ela. Irmã gêmea, um espírito, coisa da minha cabeça, nenhuma das alternativas ou todas reunidas? Ela me diria o porquê da igualdade e eu tinha o direito de saber sobre mim. Por alguns instantes, não tive medo e continuei encarando a tal. Reconheci a minha menina dos olhos que tantas vezes encarei na frente do espelho. Certamente me reconheceria em qualquer lugar do mundo.

Aquela garota certamente sou eu! Eu tinha uma garota Replay de mim mesma parada na minha frente.

Então, depois de muito me observar, ela começou a conversa mais surreal da minha vida:

— Pois é! — A Replay tinha ar de imperatriz e dominava nosso embate.

— Quem é você? — Fiz a pergunta mais importante de todas que rondava os meus mais recentes pensamentos. A resposta tiraria da minha mente o questionamento pendurado no lugar mais alto do meu cérebro.

— Eu sou você! — Como assim, você sou eu? Onde ela seria eu? Em que parte do mundo ela se confundia comigo? Com autorização de quem éramos uma mesma pessoa? Tentei manter a calma. Aquele deboche estava se tornando acentuado e o sorriso indicava um "você sabe do que estou falando". Ela tinha uma ironia ausente em mim. Será que nos completávamos em qualidades e adjetivos? O que eu teria que lhe faltava?

Naquele segundo, duvidei do comportamento dos meus pais. O que tinham feito enquanto eu chorava no berçário do hospital? Aquela garota sabia da minha vida e eu não? Podíamos nos abraçar e comemorar o reencontro?

Beta, minha amiga para assuntos aleatórios, indefinidos, certeiros e gerais tinha uma teoria que cabia para o momento. Segundo ela, quando você conhecia um cara, ele agia de maneira inexplicável, você não entendia a situação e exclamava: "Hum... Estranho". Era o sinal para correr. Pensou "estranho", foge! Esse momento tinha sido o mais estranho e constrangedor dos últimos tempos.

Retomei a conversa com medo de vê-la desaparecer. Constatei rapidamente que um espírito a garota não parecia ser. Pelo contrário, era bem real, longe de ser uma assombração.

— Olha, não tenho noção de quem você seja. Nunca te vi antes. Mesmo constatando a nossa semelhança física.

— Sou o que você está vendo.

— Aquele dia na boate, por que me chamou de idiota? O que você sabe da minha vida pra me chamar disso?

— Chamei porque, desculpa, você é uma idiota.

Calei, não rebati. Ela tinha razão. Naquele momento, não tive sequer vontade de me movimentar, estava com preguiça de ser eu e não sabia como agir. Ao mesmo tempo, me sentia docemente colocada no meio, no centro mesmo, de um furacão capaz de destruir a Califórnia inteira. Na minha barriga, na entrada babada do meu estômago, sentia seguidamente vários arrepios. Alguém, por favor, podia repassar comigo o tamanho da confusão? Eu estava sem saber o que fazer da minha vida, tinha uma mulher igual a mim me chamando de idiota, um ex-namorado traidor quase perdendo um rim, o melhor amigo dele em coma, meu amigo longe de mim com o nariz destruído e evitando contato. Nada poderia ser mais lamentável e distante dos meus planos.

O que mais doía dentro de mim era a saudade da calmaria de antes. Por onde andava Tito? O que estava fazendo? Estaria sentindo a minha falta? Ligaria? Ligaria quando? Enquanto isso, a minha igual não parava de me olhar:

— No que você tanto pensa?

— Na minha vida — respondi honestamente.

— Nossa vida. Essa sua vida aí é a mesma que a minha.

— Até parece. Você é maluca. A única dúvida passou a ser como você está aqui na minha frente, me acusando com o olhar.

— Nem sempre é fácil parar em frente ao espelho... Eu me vejo em você...

— Ah, ainda por cima é poeta?

— Filosofia. Eu faria Filosofia se fosse você. — Quando ela disse isso, gelei. Aquela tinha sido uma das carreiras que cogitei fazer, mas, por pura falta de coragem, desisti. Filosofia em pleno Rio de Janeiro? Acabei seguindo Administração pela metade e agora estava declinando para a carreira de Moda. — Você queria fazer Filosofia, né? Eu teria feito Filosofia. A gente escolhe o que a gente quer e o mundo se encarrega de realizar. Até a mais difícil das conquistas se realiza. Agora você tá pensando em fazer Moda? Faz Moda, depois cursa Filosofia.

— Pronto! Você é adivinha e mais parece um livro de autoajuda ambulante!

— Você tá incomodada porque sei de você? Sei tudo sobre você.

— Sabe tudo sobre mim? — Enigmática. Nisso não me parecia com ela. Sempre fui um vidro nos sentimentos. Todo mundo sabia o que eu estava sentindo, desde o jardim de infância, e onde queria chegar. Ultimamente, claro, por motivos óbvios, andava mais calada do que o normal. — Somos irmãs?

— Dizem por aí que todo mundo é irmão.

— Somos idênticas! Você é minha irmã? — Refiz a pergunta com mais força. Já estava pensando em chegar em casa, procurar meus pais, estivessem eles em que país fosse, e ter uma conversa séria. Minha mãe diria que estou maluca? Meu pai se ofenderia? Tudo continuaria na mesma? Ou então teria que enfrentar o maior segredo familiar de todos os tempos.

— Toma esse endereço. Espero você aí depois de amanhã, às 16 horas.

Enquanto olhei para o papel, ela saiu de fininho. Não tive coragem de impedir ou questionar mais nada. A cena se repetia, alguém ia embora me deixando só, assim como Tito fez depois da nossa conversa. O gelado do piso foi subindo até chegar no alto do meu mais arrepiado fio de cabelo. Que endereço era aquele? Eu não sabia. Assim como não tinha a menor ideia sobre a garota igual a mim que invadiu a minha vida como se fosse dona de tudo.

Capítulo 6

Como sempre

Uau! Imagina como eu estava feliz de ter um encontro marcado comigo em um endereço real? As coisas finalmente se acertariam e eu saberia mais sobre ela. O céu parecia mais límpido. Depois do término do namoro, uma certeza deu o ar da graça e me sorriu. Estranhamente, Tadeu parecia ter me dado um tempo para respirar e não ficou ligando insistentemente como imaginei. A única informação falava de uma piora no estado clínico de Gabiru. O melhor amigo do meu ex-namorado tinha passado por uma cirurgia para colocar uma válvula na cabeça. Senti pena do ex, do tamanho da sua culpa, e fiquei triste, apesar de nunca ter tido afinidade com o seu amigo acidentado. Quando a possibilidade de morrer existe, nada parece ter importância ou valer a pena.

Na varanda de casa, olhando para aquele mar lindo, tentei me despreocupar. Sentia cada vez mais a ausência de Tito no meu dia a dia. O vazio da falta das ligações, seu silêncio jamais vivido. Pensei na vida que ele parecia estar recomeçando sem a minha presença... Olhando fotos nossas, me dei conta de como meu sorriso ao lado dele era mais intenso. A gente tinha vivido dias tão especiais e até os momentos totalmente sem graça rendiam uma foto com careta, gargalhada, bico ou poses inesquecíveis. Eu precisava escutar a voz do meu amigo para o barulho do mar voltar a soar bonito de novo e que se danasse se ele batesse o telefone na minha cara, ou me enxotasse, e eu ficasse pior depois. Tito primava pela educação e sensibilidade, e mesmo assim não sabia como ele agiria ao escutar minha voz. Minha crise de abstinência doía demais.

Nil trouxe uma água de coco e quis saber quando eu voltaria a sorrir. No dia anterior, mencionei algo sobre a possibilidade de ter uma irmã e minha empregada não entendeu bem o assunto. Ela começou a trabalhar na minha casa quando eu tinha por volta de 5 anos e isso a isentava de qualquer participação na história desconhecida da minha vida.

— Por onde anda o menino Tito? — Como Nil tinha coragem de meter o dedinho cruel no meio da minha mais profunda ferida?

Tentei parecer normal e manter a linha. Peguei meu celular, fiz aquele ar bem natural e disquei o número do meu amigo. O telefone tocou duas vezes e ele atendeu. Meu coração saiu pela boca e se jogou do alto do décimo andar.

— Oi, Tito! Sou eu. A Nil está aqui, perguntando por você. Quando você vem aqui? — Ele entendeu na hora que nossa adorada estava do meu lado. Liguei o viva-voz. Sabia que ele faria uma declaração de amor.

— Nil, minha paixão preferida. Caraca, que saudadeeeeee! Andei enrolado, tava na minha tia em São Paulo. Vou passar aí hoje pra te encher de beijinhos, tá?

Além de Caetano, Nil tinha mania de falar a palavra "combinado". Foi como se ela tivesse engolido a página do dicionário em que "combinado" estava e colou a palavra no canto da boca. Deu chance, fazia uso do "combinado", soltando depois um risinho característico dela. Nil era fofa de carteirinha, capaz de levantar uma alma triste e fazer bebês gargalharem. Então, como era de se esperar, ela, risonha, deu o famoso "combinado" e saiu rindo pela casa, falando um monte de frases indecifráveis.

Fiquei estarrecida pensando em como a vida às vezes se torna fácil e sem explicação. Alguns acontecimentos, que podem parecer comuns, entalam e não acontecem. Em outras situações, você os acha quase impossíveis e acontecem como mágica. Quando imaginaria que Tito me visitaria sem eu ter que argumentar, chorar, implorar ou mostrar atestado médico? Daqui a pouco, Tito estaria ao meu lado. Um calor subiu pelo meu corpo e corri para me arrumar, sorrindo pelo corredor de casa e dando de cara com uma foto nossa no painel do quarto. Queria estar linda para o meu melhor amigo. Fiquei tão eufórica que, por um segundo, esqueci todos os problemas. Todos! Até aquela moça igual a mim pareceu ser uma espécie de piada.

Fiquei um tempão no chuveiro, dei pulinhos embaixo d'água, percebi o coração disparar e senti que a vida parecia novamente no compasso certo. Encontraria Tito! O meu Tito, meu melhor amigo... Aiii... Fiz tanta espuma com xampu no cabelo que os fios ficaram alguns segundos suspensos. Ele me fazia falta. Dava um alívio enorme na alma saber que iria me encontrar com o cara mais especial do mundo.

Enquanto me arrumava, sei lá o porquê, lembrei de um ex-namorado. Vivemos uma grande paixão, um dos momentos mais eufóricos da minha vida. Dentro de mim, sofria uma azeda certeza de o relacionamento ter um carimbo de validade. Como se eu metesse a mão em um saquinho e tirasse uma senha de entrada para cada festa em que ele me acompanhava, cada domingo que a gente passava junto, cada ida à praia, cada noite que findava à espera da manhã... Certa de que um dia todas as chances de estar ao seu lado teriam sido gastas e o saco estaria vazio.

Quando o namoro acabou, tive a confirmação desse sentimento. A gente não tinha mais nada para viver, nossa cota de convivência havia sido gasta. Nunca mais senti isso por ninguém. Nunca mais passeei de carro, olhando pela janela, com a sensação de ser uma das últimas voltas de carro com quem quer que fosse. Durou pouco, mas me marcou e ficou em mim a lembrança da tarja de fim.

Com Tito, existia uma calmaria de estarmos quase sempre juntos, como se a primeira vez em que o vi na escola ou quando nos encontramos em uma festa de amigos comuns fosse durar para sempre. Desde a primeira conversa, as afinidades foram grandes. Não previ Tito como a pessoa mais importante da minha vida, mas assim ele foi se tornando. Muito menos intuí ele grudado em mim, eu grudada nele e a repetida presença daquele gato-príncipe-lindo jogado nas almofadas do chão do meu quarto. A gente passava horas escutando Joss Stone, lendo os textos do Caio Fernando Abreu, vendo os shows do Black Eyed Peas e cantando juntos no carro as músicas do James Morrison. Decoramos a letra de "Billionaire", do Travie McCoy, só para fazer performances. Se a madrugada estava triste, a gente começava a cantar "Billionaire" um para o outro, fazendo poses e rindo. A gente também adorava gravar ceninhas para a minha câmera, contando histórias e falando bla-bla-blás inesquecíveis. Nunca, em segundo algum, faltou assunto entre nós. Para Tito, eu tinha coragem de falar: "Pensei uma merda hoje...". Era o nosso slogan para contar alguma bobagem que certamente renderia gargalhadas. Tínhamos códigos só nossos, percepções íntimas de um relacionamento surpreendente e apaixonante entre dois amigos perfeitos.

Me arrumei com o coração começando a batucar com mais vontade e uma escola de samba parecia entrar na avenida. Nil percebeu minha felicidade e sabia o motivo:

— Esse menino é o melhor de todos. — Eu também achava. Penteei o cabelo, olhando meu rosto depois de tantos dias sem coragem de me encarar. Interiormente, prometi que contaria tudo sobre a igual a mim. Mesmo se Tito me achasse louca, não acreditasse, quisesse me internar, fosse embora e me deixasse falando sozinha, desabafaria essa história de encontrar uma garota com a minha cara por aí. Talvez começasse a conversa plagiando nossa própria frase: "Aconteceu uma merda...".

Quando voltei para a sala, fui olhar o mar novamente. Na mesa da varanda, um bichinho curioso caminhava animadinho. Parecia uma pequena mosca, mas tinha as asinhas listradas, transparentes com um quase-vermelho-escuro. A danadinha se movimentava dando uns pulinhos — parecia comigo no chuveiro minutos antes — e fazia umas pausas bonitinhas, como se brincasse consigo mesma de congelar e andar rapidinho. Eu estava feliz e, quando estamos assim, tudo, o mundo inteiro, cada esquina e cada subir de escadas, fica divertido. Quando me distraí, a pseudomosquinha sumiu. Foi voar longe, ou se escondeu em algum canto da mesa de madeira da varanda.

O amigo chegou e meu coração explodiu. Senti a presença dele como um perfume na casa. Mais uma vez, e com naturalidade, Nil me ajudou, fazendo a maior festa ao encontrá-lo. Elogios de como tá bonito, você é lindo, eita garoto simpático aconteciam normais no seu vocabulário e foram úteis para quebrar o gelo. E, claro, o "combinado" nos fez sorrir e relaxar.

Meus pais tinham enviado uma mensagem informando que estariam na Hungria para provar o comentado *goulash* — guisado de carne de vaca — e foi com essa novidade que a conversa começou. A constante ausência pelas viagens, de certa forma, me favorecia, sendo muitas vezes úteis para o meu cotidiano.

Meu coração parecia estar solto dentro do peito. Concordei em pensamento com Nil: Tito estava lindo. Ele me olhou da maneira doce de sempre. Segurei sua mão. Saudade. Nossos olhos se deram um abraço por um tempo enorme. Nos reconhecemos depois de alguns dias perdidos, sem saber o que fazer. Eu queria dizer tanta coisa. Tá, vou ser franca, queria ter feito um escândalo, pulado em cima de Tito, reclamado que sumira, mas não podia dar uma de louca e assustar meu *best friend*. Seguiríamos no ritmo dele. Continuamos segurando a mão um do outro. Eu estava feliz. Lembrei dos pulinhos no banheiro e sorri. Lembrei da mosquinha e novamente sorri. Tito achou graça e correspondeu minha emoção, sem saber que eu estava lembrando da minha dança pelada no chuveiro, a água caindo pelo corpo, os seios balançando e a mosquinha voando depois. A mente feminina tem seus momentos secretos mesmo. Meu interior vivia um momento de alegria e aproveitava um daqueles minutos inteiros em que o mundo parece perfeito, tudo aconteceu como deveria e você não quer ser ninguém além de você mesma. Eu mesma? A igual a mim! Será que Tito se apaixonaria pela igual a mim? Odiaria alguém idêntico a mim namorando meu grande amigo.

Tito percebeu a mudança no meu semblante e quis logo me fazer sentir melhor:

— Você tá bonita, como sempre. — Empurrei Tito. — Tô falando sério, você tá linda, Patinha! — Não sei se contei antes, mas Tito me chamava de Patinha.

— Engraçadinho!

— Você que é engraçada. Se te chamasse de feia, podia?

— Não, claro que não. Quem gosta de ser feia?

— Você é linda! Adoro esse seu olhão verde! — Lá estava aquele silêncio que vem obrigatoriamente com um saquinho de desespero pendurado no gancho mais tímido da parede do acontecimento, quando algo especial acontece. — Você é minha melhor amiga. Essa minha ausência se fez necessária, mas senti sua falta. E é foda porque eu não consegui deixar o telefone tocando.

— Eu sei. — Não sabia dizer quando não sabia o que dizer. Exatamente assim. Como falar para o meu melhor amigo que ele simplesmente é a pessoa mais adorada e necessária da minha vida? — Não fica chateado comigo. Eu podia ter agido diferente, sei disso, mas o Tadeu sempre foi de me enrolar em tudo.

— Não imagino o que você vê nesse cara.

— Ele faz a mesma pergunta sobre você... Beira o engraçado. Bem, de qualquer jeito, nós terminamos.

— Precisou que desse um soco na minha cara, quase arrancando o meu nariz, pra você perceber o lugar errado onde estava?

— Tem razão.

— Claro que sim.

— Tito, sabemos que eu estava errada — rimos. Até na tragédia tínhamos ritmo. — Aproveito o momento pra me desculpar pelo que ele fez.

— Thizi, gosto tanto de você. Fiquei chateado, tava chateado, mas é fogo... Simplesmente ninguém me ensinou a brigar com você nem a ficar longe. Minha mãe podia ter me matriculado em outra escola, assim não te conheceria. Conhecer você e o nascimento de nossa amizade mudaram o meu dia a dia e não sei mais como seria se não fosse...

— Não sei mais como seria se não fosse? Bom, pelo menos agora você é o único homem da minha vida. Quer dizer, tem o meu pai, você vai ter que dividir espaço com ele. O que é fácil porque meu pai viaja pelo menos dez meses no ano.

— Me amarro no coroa. Não vai ser difícil dividir espaço com o cara mais comédia que conheço.

— Vamos lá no meu quarto, quero te contar uma coisa.

Fomos em direção do quarto sem falar nada. Fazia bem andar de mãos dadas com o Tito, sentia quase como se estivesse flutuando. Leveza. Nossos passos juntos e eu puxando ele pela mão. Estava com saudade dos nossos melhores momentos.

No quarto, Tito se jogou, como sempre, nas almofadas perto da janela. A gente tinha o hábito de olhar o céu e imaginar quão longe estavam as estrelas. Lembrei quantas vezes tentei fazer o mesmo com Tadeu. Não conseguia. Ele achava ridículo ficar de papo, admirando a constelação lá fora, e levantava, ameaçando ir embora, estragando qualquer clima. Muitas vezes tentei fazer Tadeu agir como Tito. Belas tentativas inúteis. Ninguém será alguém que jamais foi. Assim como eu não seria a Replay de mim, Tito, pelo seu jeito de ser, não teria um clone.

Vários pensamentos chegaram de uma só vez. Definitivamente, queria refazer minha vida, meus sentimentos e resgatar aquela amizade. Uma paz invadiu a respiração e só parou quando lembrei da minha cópia. Estava na hora de contar para o Tito a história maluca que jamais imaginei viver. Não imaginava o que ele acharia ou se mandaria um e-mail para os meus pais avisando: "Voltem ao Brasil, a filha de vocês está louca".

Comecei a conversa perguntando qual a coisa mais louca que ele tinha visto na vida. Ele riu:

— Acho que vi um óvni quando estava na varanda do meu avô. Sei lá... Vi umas bolas voando a uma altura relativamente baixa e de maneira estranha, pareciam umas bolas de vidro, se mexiam em linhas verticais, e depois foram sumindo, uma de cada vez, correndo em direção ao nada. Não pareciam aviões, muito menos helicópteros. — "Acho que vi" como uma espécie de "Se me chamarem de maluco, nego".

— Estou vivendo algo muito louco. Um desses acontecimentos delirantes.

— O que o idiota daquele seu namorado indecente fez dessa vez?

— Ex-namorado, ex... Mas esse assunto nada tem a ver com o Tadeu.

— Pelo que sei, todos os seus problemas estão ligados a ele, ou têm a ver com ele. Não sei o que você vai dizer, mas nunca esqueça: você é maravilhosa.

— Tem uma garota igualzinha a mim andando aqui pela Barra.

— Como assim?

— Não sei se é coisa da minha cabeça, um espírito, sei lá. Até na possibilidade de ter tido uma irmã gêmea pensei. O fato é que tem uma garota que é a minha cara andando por aí. Encontrei com ela na boate e na praia... Até aqui no hall do meu prédio ela apareceu quando voltei do hospital, depois de terminar com o Tadeu.

Tito ficou calado. Não sabia o que dizer. Passou a mão nos cabelos — adorava a maneira como ele passava a mão nos cabelos —, abaixou a cabeça e não sorriu, certamente por não achar graça suficiente para isso. Não duvidou de mim, fazendo apenas cara de "estou pensando".

— O que você acha? Tô maluca?

— Nada que vem de você eu duvido. Isso me dá medo. Já te vi ganhar viagem pra Disney em sorteio, dois meses depois de voltar da Disney. Já te vi rasgar o vestido na festa da Beta e tirar onda a noite toda, lançando moda com um rasgo até o alto da perna, já te vi fazer amizade com a zebra no zoológico e já te vi aparecer sem querer no Fantástico. Como é que eu posso duvidar da Thizi? Mas quem é essa garota? O que ela disse? Sabe quem é você?

— Tito, ela não parece um pouco comigo, não lembra meu nariz ou meu cabelo: é a minha cara! Igual a mim, a mesma que eu. Ela é como uma cena de replay, igual a mim. Eu sinto arrepios quando a encontro, é como se ela quisesse me passar uma mensagem, um recado, como se soubesse de um monte de coisas que desconheço. Tô um pouco assustada...

— Você acha que ela pode ser sua irmã?

Realmente não sabia e a aparição dessa menina estava me intrigando. Se eu tinha uma irmã gêmea, meus pais não saberiam? Se sabem, por que eu não sei? Se ninguém tinha conhecimento da existência dela, qual seria a explicação para suas aparições?

Contei com detalhes meus encontros com a tal, como me senti inferior, falei da sua beleza, como parecia bem tratada, mesmo sendo eu. Tito reclamou sobre eu ser ridícula por ficar procurando defeitos em mim mesma e encheu minha bola dizendo que minha maneira simples o cativara desde que me conhecera e ele adorava essa característica de naturalidade. Falei do jeito dela de se vestir, do perfume no ar sempre que aparecia, da maneira sensual no olhar e no comportamento. Mostrei o papel com a letra da desconhecida e o endereço:

— A letra dela é igual à sua. Putz. Vocês escrevem do mesmo jeito!

Ficamos os dois observando os detalhes do papel, o endereço e refletindo sobre a total falta de respostas para as nossas perguntas. Apenas as aparições, um papel com um endereço e várias dúvidas. Ao longe, da minha janela, vi o mar. As ondas voltaram a ser bonitas e o barulho não deprimia mais. Tito estava ao meu lado e eu me sentia muito melhor com a sua presença.

— A gente, como sempre, está junto, Thizi.

Não sabia o que fazer por mim, muito menos o que pensar. No ar, uma sensação estranha de vivenciar algo inesperado, à espera de uma bomba. Ainda bem que Tito me olhava, me dando um apoio profundo e prometendo não sair do meu lado. Isso fazia eu sentir um doce alívio.

Capítulo 7

Encontro comigo

No dia esperado para encontrar a igual a mim, resolvi manter a calma. Em parte, me sentia bem melhor com Tito de volta. Nos momentos mais importantes, não lembro de ele ter fugido; ao contrário, aparecia como o primeiro a se candidatar para a vaga de "estou do seu lado e não largo sua mão". Quantas vezes tinha sido o primeiro a me receber depois de eu voltar de uma "guerra"? Quantas vezes me segurou após uma crise de choro? Nossos encontros se mostravam mais fortes do que nós dois podíamos explicar e compreender. Mesmo amigos, necessitávamos estar juntos e, por enquanto, eu não queria entender a força daquelas emoções. Tito parecia sentir o mesmo e também adiava maiores reflexões. Estava tão interessado quanto eu em desvendar o mistério da Replay e depois a gente retomaria qualquer pensamento sobre relacionamento.

Se eu soubesse a verdade, talvez pudesse conhecer mais sobre mim e tantas dúvidas que abriram uma cratera na realidade da minha história e modificaram meus dias; afinal, quando aquela garota apareceu, minha vida passou a ser revirada do avesso. Coincidência? Tá, devia mesmo estar na minha fase zica, mas isso não diminuía o mistério e a curiosidade.

Eu não entendi por que ela me deu aquele endereço. Queria falar comigo ou o encontro seria apenas uma desculpa para uma grande armação? Tadeu estaria por trás disso? Imaginei não ser possível, por ele estar ocupado com seus problemas hospitalares e tentando salvar o próprio rim. Depois, seria destreza demais achar a minha gêmea perdida no planeta para realizar um plano diabólico contra mim e a favor dos próprios interesses. Minha vida virara livro ou filme para algum escritor maluco sair inventando coisas absurdas. Aquela garota não estava maquiada para parecer comigo; ela era a minha cópia.

No carro, fomos confabulando quem seria a tal garota e como eu deveria agir. Obviamente, ela notara nossa semelhança física e minha surpresa com a descoberta. Era reconfortante que em nenhum momento meu melhor amigo tenha afirmado que eu estava maluca. Também não ameaçou ligar para meus pais e nem pediu para eu me confessar com um padre. Enquanto ele me enchia de energia positiva, afirmando sua certeza de que tudo ia ficar bem, reparei como ele estava lindo aquele dia. Sempre gostei de vê-lo dirigindo. A mão de Tito ao volante, não sei bem a razão, se mostrava afrodisíaca. A praia estava atrás do seu rosto e o sorriso vinha de minuto em minuto, acompanhando seu constante bom humor. Ele usava uma camisa listrada em azul-claro e azul-escuro, com o cabelo perfeitamente bagunçado.

Sabe quando você encontra alguém e se sente bem ao seu lado? Ele tinha um astral delicioso, parecia ter ganhado um presente vitalício e mostrava essa alegria no rosto. Ríamos tanto juntos... Enquanto Tito dirigia, lembrei de Beta me dizendo:

— Tito é um príncipe perfeito, mas você cismou de namorar o sapo.

Antes do Tadeu aparecer na minha vida, vivíamos juntos quase todo o tempo e muita gente demonstrava curiosidade com a nossa amizade. Apesar da torcida, nunca aconteceu qualquer *affaire* entre nós. No máximo, uma proximidade corporal durante uma sessão de cinema, com nossos braços se tocando na cadeira. Meu amigo, sempre tão parceiro, aceitava assistir a filme mulherzinha só porque eu gosto muito. Era mesmo uma atitude de melhor amigo, né?

Assistindo a filmes em casa, ele gargalhava nas cenas surreais e muitas vezes me jogava almofadas, brincando: "Não tá vendo que essa louca aí é maluca? Você acha que existe isso na vida real? De boa, Thizi, você se identifica com essa menina? Você ficaria com esse cara? Seu gosto é torto mesmo!". Eu ria de Tito rindo de mim. Eu ria de mim, rindo do Tito rindo de mim. Ria também quando ele pegava o controle, dava *pause* e começava seu discurso "você não pode gostar desse filme". Mas ele adorou *Um lugar chamado Notting Hill* e o assistimos mais vezes do que os criadores do filme possam imaginar. Tito riu muito com Rhys Ifans interpretando o Spike. *Vestida para casar* foi outro filme de que virei fã. Tito adorava a cena em que o casal protagonista canta "Benny and the Jets", clássico de Elton John. A gente achava aquele momento dos dois dançando em cima do balcão a nossa cara!

Estava distraída lembrando dos nossos filmes preferidos, quando Tito perguntou o que ele faria. Combinamos: eu subiria sozinha no apartamento e ele esperaria no hall do prédio. Estava curioso, queria ver a igual a mim, mas sabia das chances de assustar a garota e atrapalhar tudo. Não queria correr o risco de subir com meu melhor amigo, a garota ter um ataque e nada mais dizer. Combinamos que, se eu ligasse para o celular uma vez, ele deveria subir para me resgatar.

Confesso, estava tão chocada com a situação que cheguei a imaginar a garota como um espírito perdido, depois integrante de alguma quadrilha especializada em arrancar dinheiro de pessoas, ou, sei lá, uma irmã gêmea renegada, com ódio no coração. Nas três alternativas, eu poderia morrer ou do coração, ou com um tiro na cabeça, ou enforcada pelas mãos do ódio. Tá, eu sei, meio dramático demais, mas confesso o enorme medo de me dar mal. Nunca senti vontade de me matar. Será que alguém igual a mim teria coragem de fazer isso comigo?

Tito me fez acordar, enquanto o carro seguia até Ipanema. O endereço me levava para a Vieira Souto, em uma cobertura no mínimo muito chique e no máximo chique demais. Ele quis saber qual o nome da moça. Eu nem imaginava. Seria Thizi também? Ela é que parecia saber tudo a meu respeito. O carro parou, olhei para o prédio muito bem-acabado na avenida mais chique do Rio de Janeiro. Tito ia estacionar e voltar depois, quando eu já estivesse lá em cima. Nos despedimos:

— Vai dar tudo certo, Patinha! Confia, tá?

— Eu sei, amigo. Obrigada. Qualquer coisa, grito.

Bati a porta do carro pensando como a vida apresentava um cotidiano de surpresas. Quando imaginaria uma cena dessas? Fui dando passos pesados, tendo a certeza de que algo muito especial estava prestes a acontecer. O quê? Não sabia.

No hall, me encantei com a decoração. Um quadro enorme dava a dimensão da parede gigantesca. O pé-direito alto obrigava a olhar para o teto e dar de cara com um lustre de cristal, que imagino tenha sido comprado em loja de antiguidades. O objeto parecia reunir boa parte das pedras furta-cor do planeta. Esqueci o que estava fazendo ali e me vi princesa dentro de um palácio. Só não dei voltinhas e saí rodopiando pelo salão de mármore rosado porque o porteiro observava cada passo meu. Me imaginei dizendo a ele:

— Vim encontrar comigo mesma.

Não precisei dizer nada. Quando me apresentei na entrada, ele sorriu, me cumprimentou e fez um gesto com a mão mostrando o caminho de acesso ao elevador, sem questionar, como se me conhecesse há mais de cem anos. O elevador tinha espelho por todos os lados. Me vi refletida em várias faces. E se, em vez de uma, eu tivesse várias cópias? Não, muito obrigada. Uma só já era o bastante.

Fiz caretas para o espelho, rebolei, sacudi os cabelos, dei voltinha e, obviamente, depois me senti ridícula com essa mania de fazer coisas esdrúxulas toda vez que ficava sem plateia. Imaginei a possibilidade de ter sido vista por uma câmera pelo porteiro. Certamente ele pensaria que eu passara da conta na bebida. Bem, no mínimo, tinha animado a tarde do indivíduo.

Para minha surpresa, a cobertura da tal utilizava todo um andar. O lugar não tinha problema de espaço. Um outro hall recebia os convidados de maneira encantadora. Um papel de parede listrado de rosa-claro e rosa-velho dava um tom bucólico, que combinava com um vaso branco, enorme, que parecia mais um tecido bordado do que louça. Um quadro de moldura branca trazia um rosto, um pouco parecido com o meu. Devia estar ali para homenagear a dona da casa. Mas, de tudo, o que mais gostei foi do aparador completamente de vidro. Parecia uma mesa incolor, fazendo parecer que desapareceria, sem maiores avisos. Se a entrada do apartamento mostrava uma rara beleza, imagine lá dentro.

Toquei a campainha, querendo acabar com a expectativa. Nenhum sinal de alguém. Toquei de novo. Com pequenos espaços de tempo, toquei quatro vezes. Aquele som criou uma expectativa e fez minha cabeça girar. Quando a porta se abriu, imaginei uma empregada séria, nada parecida com a Nil, me recebendo. Entretanto, a porta abriu e me vi sozinha, plantada em outro pequeno hall, com piso de mármore bege, uma mesa redonda e outro vaso enorme, dessa vez em tom azul-claro. Por que um apartamento teria dois halls, um logo após o outro? Haveria um terceiro hall naquela casa? O luxo e o silêncio me incomodavam.

Preciso dizer como era a sala? Per-fei-ta! Se algum dia tivesse a função de descrever a sala da Barbie, seria daquele jeito. Totalmente linda, impactante! Tinha sido o hábitat humano mais amplo já visto por mim. Não sei quantas pessoas moravam ali, mas cabiam umas vinte morando bem. E, olha, não sou de me deslumbrar facilmente. Sempre morei confortavelmente, meu pai fez carreira em uma empresa de mobiliário corporativo como um competente diretor, conseguindo ótimos contratos com grandes empresas, o que resultou em conforto para a família. Sempre morei vendo o mar da janela da sala, estudei nas melhores escolas, fiz cursos de inglês, jazz, violão — que até hoje tento tocar —, enfim, uma vida que poucos têm. O apartamento de meus pais tinha tudo de casa de pai e mãe, um local com móveis de uma vida de verdade, mas, aquele lugar, não, a decoração estava perto do sonho.

Aquela casa da moça igual a mim tinha o seu cheiro pelo ar. O sofá enorme de um bege-claro, quase branco, fora colocado em frente de uma estante cheia de objetos charmosíssimos. Próximo, um lustre longo, alto, com a perna fina e uma cúpula diferentérrima em tons de rosa, verde-musgo, rosa-pink, roxo, azul-marinho e amarelo-ovo. A mesinha de centro mais parecia uma joia, com madrepérolas coladas e um pé em formato de flor. Nada brega. Meus olhos se perdiam com tanta beleza. Da varanda, vi o mar. Àquela vista eu estava acostumada, mas de alguma forma todo o resto parecia novo para mim, como se uma porta talhada de segredos fosse aberta.

A moça surgiu na sala com uma daquelas roupas perfeitinhas. Um shortinho branco, uma blusa básica e chinelo dourado supermoderno, em formato curvado de um lado e quadradinho do outro. Usava um colar de coração em ouro branco, com um diamante do lado direito e um "T" gravado. Ela também se chamava Thizi? Na mão, um anel de fada parecia voar. Ela sorriu. Repetitivo dizer que nosso sorriso era idêntico?

— Oi, tudo bem?

— Tudo! Sua casa é linda.

— Obrigada, também gosto bastante. Queria um canto estiloso, bem decorado. Acho que ficou bem simpático.

— É de muito bom gosto.

— Ainda bem que veio. A gente tem muito pra conversar.

— Ah! Então finalmente vai acabar o mistério e eu vou saber quem é você.

— Não sei se vai compreender, ou duvidar das minhas palavras. A verdade é essa e pronto.

— Quero saber o que for. Nós somos irmãs?

— Não.

— Você é igual a mim.

— Eu sei. Somos iguais, sim. Na verdade, eu sou você.

— Como assim, você sou eu?

— Bem, não sei ao certo como isso aconteceu, mas nesse exato momento várias iguais a você estão existindo em diversas dimensões como uma espécie de replay de você.

— Ah, para com isso que eu ainda não virei maluca e esse papo não faz o menor sentido!

— Me escute! Dependendo do que estamos vivendo, nossa mente nos faz encontrar com a nossa igual. De alguma maneira, vim parar aqui, vivendo na mesma época que você.

— Como é que é? Você quer que eu acredite nesse papo ridículo?

Dei uma gargalhada tão grande que só mesmo o olhar sério da minha igual me fez acreditar na verdade daquela declaração.

— Olha só, tô longe de entender essa história. É loucura demais pra minha cabeça. O que meus pais estão aprontando?

— Eles nem sabem disso, também são meus pais. Porque nós não somos irmãs, somos a mesma pessoa, temos os mesmos pais e eles continuam viajando no meu mundo.

— Seu mundo? Tá. Supondo que eu acredite nessa história, em que época do tempo você mora?

— Três anos depois, ou adiante, como você entender melhor.

— Daqui a três anos estarei nesse apartamento com esse vidão?

— Se não mudar o decorrer das coisas, se seguir o que tem que ser, sim. Nesse sentido, a sorte vai cair em cima do destino da nossa família.

— Vai?

— Você vai adorar.

— Por que você me chamou de idiota naquela boate?

— Porque você estava sendo idiota, não vendo coisas óbvias, escancaradas na sua cara.

— Está falando do Tadeu?

— Tô, tô falando do Tadeu. Tenho vergonha de ter namorado esse cara. Porque se você namora ele, logo eu o namorei também. E você estava sozinha aquele dia na boate porque escolheu o cara errado, porque deu valor pra quem não merecia.

— Cara, você está querendo dizer que sou uma espécie de passado seu? Eu tô vivendo o ontem?

— É isso. Você é o passado que vivenciei, tudo o que acontece com você já aconteceu comigo. Agora estou vivendo o seu futuro. Simples assim.

— Simples? Um dia terei esse apartamento e vou estar bonita assim?

— Ah, obrigada. Não precisa me elogiar, ou se elogiar. Não sei como você vai chegar até aqui direito, mas alguma sorte cruzará o seu caminho e acabaremos nos dando muito bem.

— Eu mal sei o que quero pra minha vida. Abandonei Administração.

— Você não quer Administração — ela falou como quem me conhecia do avesso.

— Eu queria estudar Moda. — Vai que ela tem a resposta para a minha vida toda.

— Olha, não sei se posso falar sobre as suas escolhas. Elas estão aí dentro. Algumas dores precisam ser vividas. A vida só funciona quando as certezas são maiores que as dores.

— Falou tudo! Nem sei se gostaria que alguém, mesmo sendo eu mesma, dissesse o que será de mim. Sempre tive medo de encontrar ciganas, videntes ou adivinhas. Explica melhor por que você me chamou de idiota?

— Porque às vezes a gente precisa se cutucar, acordar pro mundo. Nem todos têm coragem para dizer: que porcaria você está fazendo com a sua vida? Eu sabia que algo estava acontecendo com a gente, porque antes do encontro, daquele dia na boate, te vi um dia no trânsito. Meu carro parou no sinal do lado do seu carro novo. Achei engraçado porque lembrei que meus pais tinham me dado um carro lindo, amarelo, igual ao seu, três anos antes, e reconheci você como a motorista, quer dizer, eu.

— Me detestei aquele dia da boate.

— Segui você e vi que estávamos com a mesma vida. Não pense que eu gosto de ser uma espécie de Garota Replay de você. Não gosto. Sua loucura nem começou ainda. — Quando ela disse isso, lembrei da minha mania de gostar de ficar assustada, de ficar metendo medo nos meus pensamentos, e senti o mesmo arrepio de sempre, quando jogava contra mim.

— Sei que sou meio idiota às vezes.

— A notícia boa é que ficaremos bem.

— E a ruim?

— É que você ainda vai sofrer.

— Novidade!

— Antes quero mostrar uma coisa.

Ela foi andando pela casa. Eu só conseguia imaginar que Tito pediria aos meus pais que me internassem no hospício. A loucura começava a me pegar pelo pé. Nem estava me compreendendo. Cena estranha, vamos combinar. Me enxergava ali, na minha frente, bonita, parecendo feliz e realizada, sem saber como fui parar naquele lugar nem como consegui tanto em tão pouco tempo.

Dei uns passos no largo corredor do apartamento. O mesmo papel ficava em uma das paredes, com várias fotos minhas. Reconheci as fotos antigas, aquela era eu, a verdadeira eu. Em alguns cliques, desconhecidos para mim, pareciam fotos de algum desses fotógrafos *megastar*.

Ela parou na frente de um quarto e sorriu.

— Não se assuste com o que vai ver. — Fiquei com medo do que estaria atrás da porta. Imaginei ter mudado meu gosto e virado adepta do exótico, criando um tigre faminto para devorar quem quer que fosse. Ao contrário de um bicho selvagem, dei de cara com meu futuro quarto, que nada tinha de simples. Deitado na cama, um cara. O ar-condicionado estava ligado, bem frio, e o mocinho estava relaxado na cama enorme, coberto.

De repente, com o barulhinho da porta abrindo, o cara virou o corpo, o lençol foi desvendando o mistério e eu consegui vê-lo. Meu Deus! Meu coração veio na boca quando consegui identificá-lo: Tito. Meu melhor amigo dormia seminu na cama que seria minha e estava muito pouco diferente da aparência atual. Antes que eu desse um grito, ela fechou a porta.

— Melhor vocês não se encontrarem aqui. Não sei como seria isso nas leis da Física.

— O que o Tito está fazendo aqui?

— Eu e ele estamos juntos.

— Como assim juntos? Juntos de que maneira? Vocês dividem a mesma casa? Ele sabe que você é Replay de mim?

— A gente se casou. Não, não sabe de nada.

— Vou me casar com o Tito? Peraí, você fez tanto suspense com um monte de coisas, mas manda na minha cara que vou me casar com o Tito?

— Nossa história com ele é linda. Quer dizer, minha história. Sou ciumenta! Minha história com o Tito é completamente diferente da sua história com ele. Você é a amiga do Tito, e eu, sua esposa. Somos as duas fases da mesma mulher.

— Achei que seríamos melhores amigos pra sempre. O que eu faço com essa informação? O que vou dizer a ele?

— Não sei.

— O Tito está lá embaixo me esperando. Então, vou chegar e dizer: encontrei comigo lá em cima, vou ganhar uma grana sei lá como, ficarei rica, algo vai dar muito certo na minha vida e a gente vai se casar.

— Melhor não falar nada. Deixa o tempo correr. Em alguns momentos, o melhor é calar. O tempo vai passar e daqui a pouco uma de nós não mais existirá e, a que restar, sentirá saudade de tudo o que ficou pra trás.

Poucas vezes senti medo de mim, mas naquele dia, sem dúvida, tive pavor dos meus pensamentos.

Capítulo 8

Tristeza cinematográfica

Desci tensa da visita. Tito estava distraído olhando o lustre da Cinderela e, quando me viu, achou que eu tinha sido molestada, assaltada, ou tomado uma surra.

— O que aconteceu? Você tá pálida!

— Podemos falar depois? — A descida do elevador não tinha dado tempo suficiente para eu imaginar uma explicação. Só conseguia pensar no casamento com meu melhor amigo.

— Você encontrou a garota?

— Encontrei, encontrei. Me leva pra casa. Vou te contar tudo, mas não agora.

Seria impossível esquecer esses encontros comigo. Sentia o coração palpitando. Meu melhor amigo será um dia o homem da minha vida e não achei a ideia detestável. Enquanto voltava para casa, senti pela primeira vez um frio na barriga profundo e ameaçador, como se minha coragem estivesse sendo testada. Incomodava pensar como minha vida viraria outra para que eu me transformasse naquela Thizi poderosa e cheia de atitude. Eu parecia saber o fim da novela, mas desconhecia os entraves do caminho.

Por um tempo, Tito aguentou ficar calado. Quando chegamos

à porta do apartamento, ele me segurou pelo braço e senti outro frio na barriga.

— Thizi, você não pode entrar em um apartamento pra encontrar uma garota igual a você, ficar quase uma hora lá, sair, voltar com os olhos arregalados como se tivesse participado de uma festa de fantasmas e nada dizer, fingindo que está tudo certo. O que rolou? Quem estava lá? O que foi dito?

— Eu te conto tudo, mas dessa vez preciso de um tempo.

— Então aconteceu alguma coisa? Você vive propagando que sou seu melhor amigo e não tem confiança em contar seus problemas e dificuldades?

— Se te contar, vai achar que sou maluca.

— Eu já te acho maluca. Fala!

— Descobri coisas sobre o nosso futuro.

— O mundo vai acabar? A gente vai viajar pra Polônia? Você vai fazer uma tatuagem? Vou virar patrão do meu chefe? A gente vai se casar? — Quando Tito disse que a gente se casaria, senti vontade de perguntar se ele achava possível a gente se casar. Como ele riu depois das perguntas, resolvi aproveitar o clima descontraído e declarar:

— É, Tito, a gente vai se casar e um dia vou abrir a porta e você vai estar na minha cama *Big king size*, dormindo, quase nu.

— Que chique, moça! Topo. Já sou apaixonado mesmo por você. — Eu estava tão nervosa que não percebi o teor da declaração. Saí do carro como um foguete.

— Mais tarde a gente se fala.

Ao chegar no meu quarto e me jogar na cama, me dei conta de que três anos depois não estaria mais morando com meus pais, se é que ainda morava. O futuro envolvia tantas novidades... Uma nostalgia tomou conta de mim. Para onde iriam todos aqueles objetos que me cercavam? Me virei, olhei o mar, pensei em como a vida da gente muda de repente, lembrei do Tadeu, do Gabiru, da briga, do término, do nariz do Tito, do Tito, do vazio que senti e na garota igual a mim que, simplesmente, durante todo esse tempo, vivia a minha vida.

Quando entrei no apartamento, Nil veio falar comigo. Aquele resto de dia só queria dormir, mas minha empregada amada tinha novidades:

— Adivinha quem esteve aqui?

— Tito não foi porque estava comigo.

— Tadeu. Ficou meia hora sentado, esperando você aparecer.

— O Tadeu? Como assim? Ele recebeu alta no hospital?

— Recebeu e veio direto te ver. Tá magrinho o menino, deu pena.

— O cara de pau dá uma de sofredor e já está na rua.

— Não fala assim do seu namorado, Thizi.

— Ex! Ele não é mais meu namorado.

— Vocês vivem terminando e voltando.

— Dessa vez é pra valer, porque tô bem certa do que quero. Acabou mesmo. Ele não mereceu nem um segundo da pessoa maneira que fui com ele.

— Ele disse que o Gabiru melhorou, piorou, melhorou, piorou... Vamos rezar...

— O que ele queria?

— Me ver, Thizi? Claro que não! Tava doido pra falar com você.

— Não tenho nada pra falar com ele, Nil. Acha que me enrola. Cansei dele, sem chance.

Nil saiu prometendo um bolo de chocolate para me adoçar o pensamento. Tinha cansado mesmo do Tadeu. Se tivesse aberto a porta daquele apartamento e ele estivesse dormindo no lugar de Tito, eu teria um ataque de insatisfação. Não queria aquele cara no presente, imagine no futuro.

Continuei na cama e fiquei estática, apenas piscando os olhos e deixando o ar sair das minhas narinas, quase sem notar. Um silêncio no quarto. Queria ficar assim para sempre ou pelos próximos três anos. Não conseguia esquecer aquela imagem. Tito dormindo na cama que será minha, aquele apartamento especial, eu tão melhor... E Tito... Meu marido. Senti vontade de ligar para ele e avisar.

— Que bom que aceita se casar comigo porque nem sei como, mas isso vai acontecer daqui a três anos.

Peguei no sono, acordei no meio da madrugada com o celular tocando. Tito querendo falar comigo. Tínhamos por hábito ligar um para o outro no meio da noite. Imaginei logo o assunto sério que queria falar.

— Thizi, tá acordada?

— Ai, Tito, se for pra perguntar o que aconteceu hoje, não quero falar disso, não.

— É outra coisa.

— Fala!

— O Gabiru morreu!

— Como é que é?

— O Gabiru faleceu agora de noite. Piorou de tarde e morreu.

— Mas a Nil falou que o Tadeu teve aqui, disse que ele tava melhor...

— Cara, não sei. Parece que foi infecção generalizada, complicou. Morreu. A pancada na cabeça foi pesada, Thizi. Ele tava lutando pra viver. Infelizmente, o cara morreu.

Escutei o barulho do vento lá fora, lembrei do cheiro do hospital, na verdade senti o cheiro, forte, ardendo nas minhas narinas... Senti um medo enorme e comecei a chorar como se estivesse abafada, sem voz, presa, com ninguém por perto para me escutar. Saudade de quando tudo era calmo. Uma mágoa no peito. Uma visão do último churrasco no sítio de Tadeu, todo mundo reunido, rindo, eu sem saber das traições, adorando as histórias de Diko e Cristóvão, dois outros amigos de Tadeu, que semanalmente contavam casos dignos de serem contados em uma peça de comédia. Aquele encontro jamais se repetiria. Era como se a morte tivesse tomado conta daquela cena. Gabiru morreu, aquela Thizi também havia morrido...

Eu não conseguia pensar em nada. Não conseguia pensar na família do Gabiru, no quanto o cara tinha lutado para viver depois do acidente, nem no sofrimento do Tadeu. Só conseguia pensar em uma coisa: não gostava dele. Achava ele estranho e não tinha paciência porque algumas vezes o vi influenciando Tadeu para fazer coisas de que eu não gostava. Parece ser fácil não gostar de alguém vivo, mas seria mais difícil não gostar de Gabiru morto. Quando a pessoa morre, você lembra do lado ser humano, de tudo que aquele jovem tinha para viver, do cara que, bem ou mal, parecia ser fiel ao amigo de uma maneira invejável, e qualquer competição ou birra é esquecida.

Enquanto sentava na cama, ainda sem acreditar na notícia, lembrei da última em vez que vi Gabiru vivo, autoconfiante, determinado, com aquele jeitão de dono do mundo, usando uma bermuda bege-clara, uma camisa de um desses times que a gente não conhece e tênis cheio de charme. Ficou me olhando e alfinetou:

— Chegou a dona do cara!

— Não tem dona de ninguém aqui, Gabiru.

— Queria ser a dona, se pudesse.

— Nada a ver, Gabiru.

— Beleza. Não vou te zuar que tu anda toda irritadinha pro meu lado. — Aquela foi a imagem que ficou do nosso último encontro no churrasco. Um cara debochado, um rosto de garoto meio doido e um combinar de gestos que confirmava: ele não batia bem. Talvez essa falta de culpa tão genuína nele, de ser doido mesmo, mas sem culpa nenhuma, amenizasse um pouco a raiva. Agora, honestamente, eu conseguia esquecer qualquer chateação com o cara. Ele estava morto. Não mais poderia me ofender ou ser um idiota. Tinha morrido de uma maneira trágica, aos 22 anos. O ex devia estar com uma sensação de vazio pela perda do amigo. Acho que todos ali, familiares e amigos, estavam sentindo isso.

Tito sabia o horário do enterro. Combinamos que iríamos juntos. Ele e Gabiru tinham uma certa amizade que só não se estreitou por influência direta de Tadeu, que, por motivos óbvios, morria de ciúme. Tito, aliás, nunca entendeu minha má vontade com o falecido. Confesso, eu mesma não sabia por que nosso contato era azedo. Mesmo assim, eu iria ao cemitério, não queria saber de mais nada, nem de pensar coisas ruins. Respirei fundo. Precisava dormir. O dia seguinte seria cheio. Tadeu teria um ataque quando desse de cara com Tito. Meu melhor amigo não queria nem saber. Nada o impediria de dar adeus ao parceiro. Ou seja, o cenário já estava claro na minha cabeça: um desses incêndios incontroláveis que devoram casas, matam animais e fazem adoecer seres humanos. E, ainda por cima, com plateia ao redor.

Acordei no dia seguinte como se a minha cabeça estivesse pulsando insistentemente. Dor. Meu estômago colaborava para o mal-estar e não vomitei porque simplesmente não tinha nada no estômago. Só tive forças para me arrumar, apertar o botão do elevador e descer para a portaria. Tito passaria para me buscar.

Na portaria do prédio, demos um forte abraço. Mais uma vez, estávamos juntos para superar algum desafio, dessa vez de dor. Foi ele quem disse a primeira frase do dia:

— Não esquece que tô contigo. Vai ser difícil, mas não impossível. Enterro é enterro, não tem como ser um momento feliz. Você não está sozinha.

— Eu sei. Obrigada, Tito. Que bom que você voltou pra minha vida. Sinto uma sensação estranha, não dormi direito, fui e voltei entre pensamentos desordenados e frenéticos. — Tito apertou minha mão e consegui ler seu pensamento de “seja forte, Patinha”.

Minha amiga Beta estava no carro, mas parecia não estar. Com cara de atriz de cinema, usava óculos que entrariam facilmente para o *Guiness Book* como os maiores do mundo. Até em uma situação tensa, eu precisava me concentrar para não rir da minha amiga. Ela tinha um quê pelo Gabiru e os dois cansaram de conversar madrugada adentro enquanto eu e Tadeu estávamos juntos. Seu olhar mostrava o choque com aquela morte estúpida. Tentei não falar muito e me distraí com o celular. Tadeu ligara algumas vezes, mas não atendi. Certamente estaria no enterro. A família do meu ex tinha dado toda a assistência para a família do amigo morto — leia-se: pagaram o enterro e deram dinheiro para o silêncio dos familiares — e dificilmente alguém o trataria como culpado pelo acidente. Foi uma fatalidade. Destino cruel e ponto final.

Escutei muitas declarações emocionadas assim que cheguei na capela B do cemitério. O corpo de Gabiru estava lá, inerte e com semblante de fim de festa. O rosto deformado, inchado, causava pena imediata. Os médicos fizeram de tudo para salvá-lo, segundo comentários, e medicação foi o que não faltou na tentativa de que Gabiru não partisse.

Um silêncio no ar dominou assim que parei do lado do caixão, abraçada com Beta de um lado e Tito do outro. Quem estava falando se calou, quem estava calado prendeu a respiração e eu tentei ficar ausente em pensamento. Meu namoro com Tadeu ainda estava oficialmente valendo. As pessoas me viam como a namorada do cara que dirigia o carro em que Gabiru sofreu um acidente e morreu. Simples assim, como a sociedade tem mania de avaliar de longe, como bem quer, não seria eu que explicaria e esclareceria os fatos. Confesso que, por um segundo, pensei em berrar ao lado do caixão:

— Estão olhando o quê? Eu tô com pena do Gabiru, sim, mas quero informar oficialmente aos fofoqueiros de plantão que não namoro mais o Tadeu e parem pelo amor de Deus de ficar fofocando a minha vida.

Tito, parecendo adivinhar minha crise mental, apertou minha mão com vontade e meu coração veio na boca. Achei melhor parar de ver o amigo de Tadeu, morto naquele caixão, e aumentar os fios desencapados dilacerando meu circuito interno.

Em nenhum momento pensei onde Tadeu estaria. Não sabia o que dizer para o ex-namorado. Fui dando passos em direção à saída da capela, quando o vi encostado em uma árvore. Estava tão desnorteado, tão deprimido e tão culpado, que a visão me emocionou. Mesmo não o amando mais, o carinho ainda existia. Tito me olhou, querendo saber se eu queria encontrar meu ex, ou correr para o carro, ou desaparecer do planeta. Escolheria a terceira opção, mas achei melhor encontrar Tadeu e assumir o que fosse.

Tito deu uma parada estratégica e esticou seu braço, indicando que eu fosse sozinha... Por que viver às vezes parece tão difícil? Claro que ele não queria encontrar o cara que quase arrancou seu nariz. Os dois não queriam mais se olhar, como dois vizinhos brigados, tendo a triste e diária convivência. Não teria mais aperto de mão, sorriso meio de lado ou meias palavras. Nunca foram amigos e nunca seriam. Nenhuma poesia naquele minuto. Poemas mortos, carregados por passarinhos que ousavam cantar...

Tadeu estava de olhos fechados, sentado no gramado, encostado em uma árvore, as pernas esticadas, as mãos em cima da perna, o rosto muito inchado. De longe, vi seus pais, dei um tchauzinho bem singelo, sem jeito, e parei na frente do meu ex.

— Tadeu — ele abriu os olhos, estava mais abalado do que imaginei. Não sabia como tinha sido a batida, qual o grau de culpa, mas, certamente, para sempre aquela história estaria latente no seu pensamento.

— Não tô acreditando que o Gabiru morreu.

— Sinto muito. Por você, principalmente, sei da amizade de vocês.

— Sei que tu não gostava muito do cara. Maneiro da sua parte vir aqui.

— Vim do fundo do coração. Nunca desejei mal pra ele.

— Eu sei. Apesar de achar que agora ele está bem. Tenho certeza de que meu amigo tá *paradise* total, livre, leve, rindo como ele fazia por aqui.

— Você não tá sozinho. O Diko e o Cristóvão estão com você pro que der e vier.

— Eu sei. Eles foram comer alguma coisa. Estão desde ontem comigo, lá em casa. Mas o Gabi era a quarta peça do quarteto. Vai ser foda sem ele. Pô, e a minha culpa é do tamanho de um elefante com obesidade.

— E a família dele, como tá reagindo?

— Pô, o Gabiru não tinha pai e mãe presentes. — Eu sabia bem o que era isso. Meus pais e suas ausências. — No fundo, ele sentia que éramos sua família, mas rolou um cala-boca pra uma tia mercenária do interior. Vai dar em nada o acidente. — A franqueza de Tadeu mostra a realidade do país. Dinheiro resolve quase tudo.

Dei uma olhada de rabo de olho para o pai de Tadeu e fiquei imaginando o dinheiro saindo do bolso dele e calando a boca dos familiares do morto.

Tadeu não teve força para levantar e ficar de pé. Ajoelhei, segurei seu braço e depois de um tempo, de um silêncio honesto, ele disse:

— Aquele dia na boate foi um dos piores da minha vida.

Quando ele disse isso, calei. Não adiantaria dizer nada. Ele tinha me traído aquela noite. Minha relação com a data também não era das melhores. Se aquele dia não tivesse existido e eu pudesse apertar o botão "ninguém se mexe por 24 horas", apertaria.

O mais difícil da vida acontece sem o nosso controle, sem a nossa chance de voltar atrás. Podemos rever o passo das palavras, pedindo desculpas por ofensas ou afirmações mal-colocadas. Tentamos e podemos consertar certos erros, mas não podemos reviver um corpo sem vida. De todas as bobagens feitas por Tadeu numa mesma noite, a pior tinha sido beber e achar que podia dirigir. A gente nunca acredita que as tragédias serão nossas... Ele se julgava acima do bem e do mal, e isso fez com que perdesse o controle do carro. Seu arrependimento não tinha tanto valor, porque a perda de Gabiru era irremediável.

A saída do corpo da capela B foi de uma tristeza quase cinematográfica. Tudo parecia ensaiado para ser o pior possível. Visível a presença dos amigos em mais quantidade do que os familiares. Pais de amigos também foram ao evento de mau gosto. Enterro de jovem causa muita comoção, lamento e vozes perdidas nos passos das pessoas em direção à sepultura. O verde dominava o cemitério, com árvores, arbustos, túmulos cobertos de grama, lápides com nomes e datas de nascimento e morte.

Um doce sol combinava com o momento. Raios do fim da tarde foram cobrindo o rosto de cada um, como se Gabiru pudesse dizer: "Não vou morrer, estarei vivo para sempre". Me identifiquei com aquele pensamento. Pessoas mortas podem viver para sempre, por que não? Minha avó estaria eternamente viva, com sua preocupação com minha felicidade, sua maneira especial de me chamar de Thizi, sua risada alta, enquanto batia com a palma da mão na coxa...

Triste todo o ritual... Sempre é, principalmente quando a cerimônia envolve um jovem e os amigos são pegos pela tristeza da perda inesperada. Tadeu foi embora com seus pais e acabamos ficando distantes. Tito andou abraçado comigo e me senti muito protegida pelo meu melhor amigo. Tive uma sensação de que nosso coração bateu no mesmo ritmo durante toda a caminhada. Resisti bravamente e fui embora quando cheguei ao meu limite e me imaginei desabando de chorar na frente de todo mundo.

Devo ter dormido uns três dias, porque mal me lembro do que fiz e como fiz nos dias subsequentes. Nil visitava minha cama, levava os lanches mais gostosos possíveis, tentando me convencer a comer e, quando entrava no quarto, ficava passando a mão no meu cabelo e me pedindo para lembrar como eu era amada e me falando para ser forte. Acredito que ela tentava cobrir a ausência de minha mãe. A visão de Nil quase chorando, enquanto dormia, me incomodava um pouco. Ela, ali, parecendo falar comigo, e eu sem forças, com o sono tão pesado que não conseguia agradecer tanto carinho.

Não gosto de dormir. Sinto insegurança e a sensação estranha de pés voando pelos ares, fumaça e vazio entre os segundos. Sempre que durmo, me sinto só, mesmo se alguém estiver comigo. Qualquer sonho que tenha, será escuro. Tito diz que tudo isso é besteira. Para ele, sonho é assim mesmo, a gente fica meio bêbado e que mal há nisso? Tá, concordo, em sonho a gente não tem muita certeza se está voando ou apenas flutuando com o pé bem perto do chão. Ele dizia mais: em sonho nada vale, tudo perde a dimensão. Uma cadeira pode ter o tamanho de uma caixa de fósforos. Isso eu nunca reparei. Depois, concluí que, em algum sonho meu, uma porta tinha o tamanho de uma injeção.

Também acho que, dormindo, a gente acaba usando lembranças do cotidiano. Aquele cara de camisa azul que me ajudou, tenho certeza, estava em algum sonho meu depois. Já fui entrevistada pela Marília Gabriela e não quis acordar. Eu devia ser artista e estava em alguma turnê, porque no mesmo dia sentei no sofá da Hebe e olhei a imensa plateia do Faustão. Eu estava ao lado do apresentador, segurava um microfone e escutava todo mundo gritar meu nome: "Thizi, Thizi, Thizi, Thizi, Thizi"! Claro, também dei entrevista para o Jô e as minhas fotos de infância ficaram passando no programa para todo mundo ver. O Jô segurou minha mão, se divertiu com minhas histórias e eu saí do estúdio aliviada por ter dado tudo tão certo. Ri muito ao lado do Luciano Huck e da Angélica e me diverti conversando com a Adriane Galisteu.

Tito não acreditava nas minhas pirações. Achava estranho demais o jeito como as mulheres sentem o mundo. Meu melhor amigo sempre terminava nossos papos dizendo:

— Adoro ouvir suas histórias, sua cabeça continua muito fértil.

— Ah, para, Tito! Sua cabeça não é assim?

— Thizi, homem não pensa essas doideiras. A gente pensa e segue. Vocês pensam, seguem, mergulham, refletem, piram e a gente quase fica louco por causa de vocês.

— Que culpa se temos um radar e somos mais antenadas que vocês?

— Não vou rebater, porque prefiro as mulheres aos homens. Para vocês, só elogios. Sou fã do sexo oposto.

Só mesmo lembrando os papos com Tito para refrescar o peso daquele dia. O cotidiano tinha um antes e depois. Os próximos acontecimentos seriam os mais marcantes da minha vida.

Capítulo 9

Depois do beijo

Um mês passou depois da partida de Gabiru e a vida estava em câmera lenta. Tadeu viajou para um spa, para aliviar a dor. Beta andava sumida, mas ligava para saber da minha melhora com frases de entusiasmo, tentando me fazer sorrir. Apesar de ter muitas novidades e estar conhecendo mais um dos milhares de ficantes que adorava arrumar, sentiu muito a morte de Gabiru. Tito e eu costumávamos nos ver e sonhávamos com o dia em que a calma chegaria.

Aquela morte tinha mexido demais com o sentimento de todos. Eu tinha muito a dizer, mas mal conseguia falar. Queria abrir meu coração, contar minha dor, mas os pensamentos pareciam desencontrados. Meus sonhos andavam mais confusos do que nunca, me sentia sem rumo, com a cabeça pesando mais que o normal, como se as cores fossem mais intensas, a claridade incomodasse e minha cabeça girasse a cada som. Meus neurônios estavam cansados.

Muitas vezes, acordava cansada, como se tivesse participado de uma maratona. Levantava, caminhava até o banheiro, me olhava no espelho e, pelo semblante amassado, tinha quase certeza de não ter parado de pensar um minuto durante o sono. Tito não me saía da cabeça. Na mente, durante o dia, a gente se encontrava, e, durante a noite, ele vinha morar em mim, numa vontade enorme de saber se ele seria mesmo um dia meu marido. Quando o olhava, sorrindo, parecia que Dave Matthews Band cantava "Crash into me": "Into your heart I'll beat again... Sweet like candy to my soul... Sweet you rock, and sweet you roll... Lost for you, I'm so lost for you". Eu me sentia dentro de um clipe de amor, correndo com um vestido enorme, sorrindo... Sendo amada pelo cara certo, na hora e no lugar certos. Restava o cheiro do Tito, quando eu tinha medo dos meus sentimentos, vergonha das minhas vontades e receio dos meus passos futuros.

Naqueles dias entendi por que o namoro com Tadeu acabou. Como tive força de acabar e não querer mais nada com ele? Simplesmente deixei de me ver bonita na história, comecei a me achar qualquer uma, me senti uma comum e me vi feia em dias com chuva triste. Acabou ali, quando me vi mortal demais na tarde em que queria ser a princesa mais especial do mundo. Eu merecia mais.

Nesses dias de tédio, a igual a mim tinha sumido, mas todos os dias eu me lembrava da minha cópia. Continuava sendo bem estranho alguém igual a mim, cheia de atitude, me colocando contra a parede, sem dar as dicas certas do que deveria ou não fazer. Afinal, algumas frases foram ditas pela metade e eu não tinha ideia de como me encontrar no meio de tanta dúvida. O que ela podia saber sobre o que aconteceria?

Não sei dizer ao certo quando, mas acho que, umas quatro semanas depois da despedida do melhor amigo do Tadeu, comecei a me sentir um pouco melhor. Voltei a acordar sem a cabeça estar do tamanho de uma bomba nuclear. Diminuí a sessão gratuita de pesadelos e voltei a ter vontade de atravessar a rua e aproveitar a praia.

Nil rezara o mês todo. Costumava aproveitar uma de suas especialidades: olhar algo de ruim e pedir ajuda diretamente a Deus sem a menor cerimônia. Eu, ultimamente, parecia escutar trechos de suas orações no meu ouvido. Sua fé invejável, inabalável e boa de admirar chamava a atenção. Nunca a vi duvidar da existência do celestial ou questionar a sua força. Durante aquele mês trágico, quase podia sentir o dedo da minha empregada correndo as bolinhas do terço. Uma vela permaneceu acesa dias e dias na lavanderia, ao lado da Nossa Senhora Desatadora dos Nós, santa de sua devoção. Como alguém tão humilde, sem conquistas na vida material, conseguia passar tanta riqueza em emoções, sentimentos, crenças e amor? Nil amava o mundo todo ao mesmo tempo. Algumas vezes fiquei emocionada, pensando nela. Queria ter crença suficiente para aceitar o destino e os dias ruins, sem que isso fosse infernal para mim. Eu sentia como se estivesse sofrendo e tendo que decidir entre morrer ou viver.

O celular tocou. Tito ao telefone. O coração disparou. Desde o dia em que a igual a mim mostrou meu melhor amigo deitado na cama, que um dia seria minha, andava sentindo tudo triplicado. Eu passara tanto tempo considerando aquele cara o mais especial do mundo, mas ele era apenas amigo, o melhor de todos, e agora parecia que eu tinha uma só certeza: queria ser a namorada de Tito. Como diria a ele? Eu queria mesmo mudar nossa relação dessa maneira? O que nós éramos além do visível?

Atendi a ligação. Do outro lado aquele alô que amava. Não repeti o hábito de gritar "amigoooooo"... Naquele dia só disse alô e tentei me acalmar. Um foco de luz parecia estar em cima de minha cabeça e uma plateia de personagens imaginários me observava, acompanhando a conversa. A voz parecia sorrir para mim e não de mim. Queria saber como eu estava e se gostaria de fazer algo. "Vamos no japonês?", perguntou animado. Senti uma leveza no coração e tive a certeza de estar seguindo no caminho correto. "Vai, Thizi, respira fundo, aceita o convite, vai dar tudo certo, falei comigo cheia de atitude, me comportando como a Replay.

Marcamos o horário e Nil nunca passou a roupa com tamanha felicidade. Tito me pegaria em casa e aquele parecia o evento para encerrar o luto depois do fim do meu namoro e da morte de Gabiru, que, mesmo não sendo um amigo, tinha afetado seriamente meus pensamentos e me fez vulnerável para os pensamentos desordeiros e invasores que surgem quando estamos nos sentindo rejeitados, mesmo que pela sorte.

Tito chegou às 8 horas. Estava com uma calça jeans de bolsos modernos, ligeiramente tortos, uma camisa Calvin Klein preta, quase cinza, com umas letras que começavam no alto do peito e seguiam pela manga direita. Ele sempre muito caprichoso para se vestir, no tom certo, nem mais nem menos, parecendo ter até alguém cuidando especialmente das suas roupas. Nesse dia, estava especialmente bem vestido. É muito estranho quando algo entre duas pessoas muda e os sentimentos se transformam. Como agir daquele instante em diante? Fingir que nada aconteceu? Por mais que houvesse uma tranquilidade aparente, eu e Tito sentíamos a mudança.

Não sabia explicar muito bem, mas a vida não parecia ser a minha e os pensamentos não seguiam a ordem certa das coisas. Algo muito forte tinha mudado na minha cabeça desde o dia da traição de Tadeu. A certeza de estar apaixonada por Tito parecia algo tão óbvio, tão “tinha que ser daquele jeito, só eu não notei”. Fato! Demorei a ter coragem de encarar seus olhos e assumir essa mudança da maneira que merecia. Fui fraca. Adiei um amor com medo de ser tão bom que pareceria ruim e aceitei namorar um cara que não gostava de mim pela facilidade de manter uma relação superficial e com pouca ternura. Como somos capazes de traçar pequenas infelicidades por puro medo do gigantismo das enormes alegrias...

Quando vi, estávamos no carro, conversando. Como pode, depois de tantos anos, termos tantos assuntos, sermos tão importantes um para o outro? Enjoar era um verbo desconhecido para nós. Eu costumava ver o tempo como uma grande ferrugem de algumas relações. Não no nosso caso. Encontrei em Tito o porto seguro mais singelo de todos, embora eu não tivesse histórico de confiar facilmente nas pessoas.

Acabei lembrando de um cara que a Beta conheceu. Amigo de sua "irmã", o moço parecia o sujeito perfeito. Em poucos dias, uma enorme troca de e-mails e conversas ao telefone, o sujeito desandou a dizer que tinha encontrado a mãe dos filhos dele. Encheu minha amiga de presentes: caixa de bombom, uma almofada cheia de pequenos corações, maquiagem importada e até uma escova de dentes elétrica. Esse último presente achei para lá de engraçado, mas Beta viu como uma prova de amor, pois, ao recebê-lo, escutou: "Garanto que nunca um homem deu uma escova de dentes para você". Beta dava pulinhos descrevendo a perfeição do cara. A escova de dentes elétrica parecia ser a certidão de união estável da qual Beta sonhou, apesar de parecer uma garota maluquinha, desenfreada e sem vontade de compromisso sério. Tudo o que ela mais queria passava por um lindo namorado para chamá-la de "Betinha, minha linda".

Assim, minha amiga se viu entrando no elevador da paixão, em direção ao andar do amor. Meio brega, mas foi assim mesmo que aconteceu: "Quero te apresentar a minha mãe; teu cheiro é maravilhoso; não vou cansar de você; tô falando sério sobre tudo isso; tinha que ser assim desse jeitinho...". Beta acreditou em cada uma dessas declarações e não desconfiou nem do excesso de diminutivos do cidadão. Encheu o coração de esperança, pensava ter dado a maior sorte do mundo por ter encontrado seu príncipe encantado bem antes dos 30 anos. Agradecia aos anjos, santos e quem quer que estivesse na sala das mensagens de obrigada.

Em conversa franca, ainda tentei aconselhar, sugerindo que duvidasse de um cara com atitudes tão grandiosas em tão pouco tempo. Poderia ser apenas um capricho, ou um ato intempestivo, que depois seria drasticamente alterado. Sem mais nem menos ninguém vira a mulher de um cara, mas quem sou eu para julgar algo? Tadeu mentira descaradamente e continuei acreditando nas armações dele. Por que Beta não acreditaria em um cara que vivia cheiroso, amável, bem-humorado, pagando todas as contas, fazendo os planos mais criativos, escrevendo mensagens sobre estar nas nuvens e prometendo levá-la até para conhecer Dubai? Claro que torci a favor, mas ninguém tinha menos sorte com homens do que Betinha. O indivíduo parecia maluco, 171, metido em algum rolo. Beta o atraía. Ímã de instável, companhia de neurótico, babá de doido, esses eram alguns dos apelidos internos da minha *best friend*.

Com esse doido, ou grande espertinho, não foi diferente. Beta viajou com o figura para um hotel fazenda e o primeiro dia foi muito bom. Passearam de cavalo, tomaram lanche com guloseimas bem interioranas — doce de leite, pudim, cuscuz —, curtiram tudo, caminharam até chegar em uma lagoa e as nuvens prometidas foram cuidadosamente colocadas no céu para Beta. Uau!

De noite, acabou acontecendo uma aproximação que ela queria adiar. Não soube dizer não. Se arrependeu tanto depois... Ao acordar, o cara tinha se transformado. O sujeito bacana deu lugar a um homem distante, seco e grosso. Simplesmente não ficou mais perto e começou a cortar qualquer item romantiquinho. Assumiu odiar fotos e, ao ser questionado pela mudança radical, mandou na cara de Beta: "Fica difícil explicar a cabeça de um homem". Beta voltou muda no carro e não fez questão nenhuma de entender a cabeça daquele canalha. O príncipe encantado tinha virado cocô de sapo remelento. Tentei explicar a diferença entre alguém que muda de ideia e um cara safado, falando tudo até levar para a cama. Minha amiga caíra no golpe do estelionatário emocional.

Agora, me perguntava se Tadeu tinha parentesco com esse cara. Seriam primos, colegas de cela? Meu ex-namorado vinha enrolando para me ter por perto, para me envolver nessa teia idiota de traição, de perfume barato, de rímel borrado daquelas que ele sempre envolvia nas noitadas. Algumas garotas ficavam com ele só para depois tirar onda na internet e debochar da minha cara. Mais terrível foi só descobrir isso depois da explosão da bomba.

Tito quis saber onde eu estava em pensamento, porque minha cabeça mostrava fumaça escapando pelos fios de cabelo. Segurou minha mão e me senti flutuando. Ele estava estranho como se quisesse dizer algo. Chegamos ao japonês animados, rindo de uma história inacreditável sobre um amigo do amigo do amigo de Tito que tinha alugado o carro de um conhecido para tirar onda com uma ficante. O cara dormiu no volante, atropelou um boi e o carro ficou destruído. Senti um arrepio na espinha só de imaginar o acidente. A história só virou piada porque ninguém se feriu. Tito ainda completou:

— Pior que isso, só o Val, que tá a fim da tia da namorada dele. Vive em rolo aquele moleque.

Entramos no restaurante de mãos dadas. Ali me dei conta das diversas vezes em que andei com as mãos entrelaçadas com meu melhor amigo, parecendo namorados. O *maître,* quando nos recebeu, deve ter pensado isso e nos olhou de maneira luminosa. Fazíamos mesmo um bonito casal. Tito sentou a minha frente, na mesinha que mais um pouco seria de brinquedo, de tão pequenina. O corpo estava tenso, nos olhamos. Ele estava estranho. O garçom perguntou sobre as bebidas, me distraí vendo a decoração do lugar: uma parede vinho, com um quadro preto e branco de um peixe japonês, com enormes bigodes. Em outra parede, vasos japoneses davam o tom com uma luz especialmente direcionada para cada um. Próximo da nossa mesa, um jardim de inverno, com plantas sem a menor cara de brasileiras.

Tito segurou minha mão logo depois que o garçom deixou as bebidas. Pedimos um combinado naqueles barquinhos simpáticos.

Aquele seria mais um dos nossos encontros especiais, mas confesso que fui pega de surpresa:

— Sobre ontem.

— Ontem? — Eu realmente não entendi aquele ontem. Fiz cara de incompreensão. Tito ficou meio tímido.

— Sei que o ocorrido nos pegou de surpresa. — O que a gente faz quando o imprevisto não foi apenas o fato, mas saber que aconteceu algo que você não tem a mínima ideia?

Eu me senti inocente na história. Antes que perguntasse, Tito emendou:

— Não sei como a gente vai lidar com isso. — E como lidar com o desconhecido? Simplesmente não sabia do ocorrido da noite anterior. Tava me sentindo ridícula, não sabia o que responder. — Você não quer falar nada?

— O que aconteceu na noite anterior? — Achei melhor ser sincera logo. Tito riu. Entendeu ser uma fuga dos recentes acontecimentos.

— Olha, pra mim também é complicado tudo isso. — Que cena patética. Eu sem a menor noção de que ontem foi aquele e Tito dando voltas, falando metáforas e códigos estranhos.

— Tito, não sei aonde você quer chegar.

— Ah, achei que a gente devia falar sobre isso de maneira clara.

— Então fala claro você.

— Pensei muito sobre o que aconteceu ontem, Thizi.

— Como se sentiu sobre o ocorrido ontem? — Resolvi fingir que sabia tudo, para tentar arrancar as respostas, mas minha fala soou como tradução fajuta de filme B.

— Você sabe como gosto de você. Sabe como isso tudo é importante pra mim e deve desconfiar como me senti. — Como assim? Eu não sabia nada, mas estava sem coragem de assumir. Olhei para o meu amigo, como quem espera algo mais.

— Eu sei como a gente é próximo.

— Você é meu melhor amigo.

— Isso não vai mudar, Thizi, mas o nosso beijo ontem...

— Beijo? — Engasguei imediatamente e quase desmaiei. Que beijo foi esse? Onde e como ocorreu? Eu lembraria se tivesse dado um beijo em Tito. Minha vida realmente parecia digna de trama de novela. Por que o autor maltratava tanto a protagonista? Por que tanta confusão e mistério?

— Nosso beijo foi maravilhoso. Dormi e acordei pensando nisso. Não sei como foi pra você.

— Foi muito bom — respondi. Tinha certeza de que beijar Tito jamais seria ruim.

— Também achei. Estou aqui na sua frente com a cabeça girando...

Um silêncio daqueles que incendeia a conversa se instalou. Nossos olhares tinham algo de muito forte e tava na cara que iríamos nos beijar de novo, mesmo que nenhum dos dois tivesse coragem de assumir a vontade. Ficamos de mãos dadas e senti um certo alívio de a notícia ser boa. Beijara Tito, esse era o fato importante. Um friozinho subiu a espinha e sorrimos. Como e onde beijara Tito? O garçom interrompeu nosso silêncio intenso e resolvemos dar uma pausa no clima de paixão declarada para devorar os sushis que chegaram no barquinho.

Capítulo 10

O luminoso neon do amor

Saímos do restaurante como se o beijo não estivesse no nosso pensamento. Estava. Aquele beijo que não dei. O beijo que era de verdade para Tito e que para mim nunca existiu. Por mais que fôssemos melhores amigos, algo não podia mais ser dito. Eu estava curiosa, confusa e o óbvio demorou a aparecer.

Do restaurante, fomos para minha casa. Nil dormia, meus pais longe e eu me sentindo cada dia mais adulta e independente, como se fosse custeada pela entidade filantrópica dos pais ausentes e culpados por isso.

No meu quarto, ao som de William Fitzsimmons, voltamos ao assunto do beijo. De novo, o silêncio intenso. Estávamos deitados na minha cama e quase congelados depois de uma gargalhada compartilhada. Seguramos nossas mãos, estávamos suando frio, quente, tudo ao mesmo tempo... Na minha frente, não estava mais meu melhor amigo. A verdade é que Tito sempre foi a pessoa por quem eu estava apaixonada, mas por um acidente de percurso a equação parecia com resultado de melhor amigo. Como a gente se engana mesmo. Tito, eu e Tito...

— Patinha — ele gostava de me chamar assim —, você é tão especial pra mim. A noite de ontem...

— Tito, esquece a noite de ontem, prefiro o hoje. — Como eu daria opinião sobre uma noite da qual eu não me lembrava?

— Já esqueci, senhorita. — Quando pensei em falar algo mais, meu melhor amigo me beijou. Um beijo delicioso, perfeito, que me fez sentir leve e me acalmou o corpo, me trazendo uma sensação enorme de para sempre... Como tinha sido idiota, o cara que melhor beijava no planeta vivia do meu lado e eu não notara? O beijo pareceu durar horas ou a eternidade toda de uma vez só. Um furacão na nossa direção me fez voar alto e bem acompanhada.

— Thizi, nossa... Que beijo bom. — Eu não sabia o índice certo do outro, mas estava na cara que foi melhor do que o beijo anterior. De zero a dez, beijei dez dessa vez. Quando pensava nessa boba pontuação, decifrei o mistério. Que raiva! Uma só pessoa poderia beijar no meu lugar sem levantar suspeitas: a igual a mim. Ela beijara Tito! Senti vontade de agredi-la. Como passou a perna em mim e beijou meu amigo como se fosse eu? Mas não havia tempo para perder pensando idiotices, depois resolveria com a Garota Replay. Só queria aproveitar Tito mais e mais.

Ficamos na cama abraçados, descobrindo nosso beijo, rindo, sentindo uma placidez enorme, pensando em voz alta, não querendo entender nada e entendendo tudo. Adormecemos na minha cama, eu deitada no peito dele e dominada pelo som do seu coração. Senti aquele cheiro bom durante toda a noite e agradeci a Deus por poder viver um momento tão mágico.

Quando acordei, Tito dormia como na visão do apartamento da igual a mim. As cenas se misturavam entre real, imaginário, me levando a perder o rumo nos pequenos segundos em que tentei acertar meus ponteiros pessoais. Como eu tinha beijado Tito antes, se só o beijei depois? O beijo de depois mudaria o que entre nós? Quem o beijou antes de mim? Eu mesma o tinha beijado naquela noite? Por que não lembrava daquele beijo? A igual a mim tinha mesmo beijado meu amigo?

As perguntas martelavam na minha cabeça quando Tito abriu os olhos e sorriu. Ficou me olhando um tempo carinhosamente e calado — nada aconteceu além de beijar naquela noite e por isso mesmo aquele momento nunca seria esquecido. Nunca mais seríamos os mesmos. Eu tinha ficado com meu melhor amigo e nosso encontro mostrava como receber uma ótima notícia, dessas transformadoras como o nascer de uma flor de cerejeira no meio de um monte de lixo e a foto ser premiada mundialmente.

Nil preparou um café da manhã de hotel cinco estrelas, com tudo o que tínhamos direito. Ela estava acostumada a Tito terminar caído em algum canto da casa. Se bebera um pouco ou passara da hora, aí o bom motivo para o meu amigo dormir na casa. O café foi servido em uma mesa especial, na varanda, e quase me senti em cena de novela. Ficamos olhando o mar em um silêncio amoroso. Nossa inação não tinha culpa, medo, receio e muito menos dúvida. Tito fez um carinho na minha mão, enquanto eternizei aquele momento na memória. Nos despedimos, querendo ficar mais, dizendo pouco. Deixei-o sair, querendo pedir que me desse um abraço e não me largasse nunca mais.

Fechei a porta, saí dando pulos pela casa, me joguei na cama e dei uma gargalhada contrária a toda tristeza vivida até aquele momento. A felicidade tinha me contaminado. Fiquei lembrando nosso beijo. Faltava o ar só de lembrar como gostei daquele momento. Pensando no beijo real e no beijo que não dei, concluí que só poderia ter sido ela, a igual a mim. Tirando proveito da situação, tinha descaradamente beijado Tito no meu lugar.

Antes de seguir uma nova vida, eu precisava olhar na cara da igual a mim e saber por que beijara Tito. Será que existia algum motivo para o meu amigo inventar um beijo que nunca existiu?

Por que a minha xerox tinha beijado como se fosse eu? A alegação de estar no meu lugar três anos à frente no tempo não lhe permitia virar minha dublê sem minha autorização. Ainda mais quando a questão envolvia beijar Tito na boca.

Voltei ao apartamento da igual a mim. Quando a porta se abriu e dei de cara com ela, senti o costumeiro incômodo. Não me fazia bem estar frente a frente comigo. Nesse momento, meus olhos abriam e fechavam repetidamente, quase sem acreditar. O apartamento parecia ter o cheiro da marca francesa L'Occitane. Tudo muito chique. Olhando a Replay e me comparando com ela, eu percebia mudanças, mas, para o meu alívio, não me sentia mudada para pior. Eu estava bem, minha vida parecia mais leve, tinha conquistado um poder misterioso, mas era a mesma.

Sabendo o que eu queria e certa de tudo o que escutaria, ela sorriu, me abraçou, puxou minha mão e me levou para a sala de estar. Dominava a cena e a mim. Parecia mais segura e eu a admirava por isso:

— Já sei o que você vai dizer.

— Penso que você já sabe. Como você ficou com o Tito?

— Só quis resolver logo as coisas. Você tem noção do tempo que gosta do amigo e não se deu conta disso? Tem ideia de quanto tempo ele esperava por isso? Se você continuar esse namoro, agradeça a mim. Não foi fácil regredir, lembrar dos meus modos três anos atrás e imitar meu gestual antigo, o olhar com as dúvidas de antes e o comportamento que você conhece bem, afinal, é seu e não meu. — Foi a segunda vez que senti raiva de mim mesma. A primeira foi quando a igual a mim me chamou de idiota. Ela podia ter razão, mas a verdade é difícil de encarar.

Sentei no sofá, admirando mais uma vez a decoração daquele apartamento. Tudo ali tinha a minha cara e o meu gosto, mas eu jamais conseguiria idealizar tantas combinações perfeitas. Difícil seria brigar comigo, com tantas semelhanças e gostos parecidos ao redor de nós. Senti vontade de começar dizendo que amei cada objeto, o porta-retratos com cristais e a almofada em formato de "T"... Sim, eu seria uma diva três anos depois, mas nem isso lhe dava o direito de meter o bedelho em potes que não lhe pertenciam...

— Thizi, o Tito demonstra ser um homem de fácil convivência, com muitas qualidades que nós, mulheres, gostamos. Acha que ficaria disponível para você a vida toda? — Ela seguiu defendendo sua tese de doutorado emocional. — Tem noção de quantas garotas sonham com um Tito na vida? Imagina o número de mulheres que quer um cara sensível, humano, parceiro, dizendo as palavras perfeitas e, ainda por cima, bonito daquele jeito?

— Olha, mesmo que tenha feito isso com a melhor das intenções, não deveria. Você gostaria que qualquer uma saísse fazendo e acontecendo como se fosse você? Eu me sinto estranha sabendo que outra, mesmo sendo eu, beijou o Tito!

— Você é qualquer uma para você mesma?

— Claro que não.

— Você não faria o que fosse necessário para ajudar a se encontrar e resolver seus problemas?

— Acho que sim. — Ela me deixava confusa e, por mais que a essência de desordenada me fosse comum, a sensação de aceitar a declaração da minha antagonista não era tão simples. Na verdade, queria agradecê-la pelo feito. Jamais teria coragem de dar continuidade a qualquer aproximação com Tito. O segundo beijo, meu primeiro, só foi possível por causa da corajosa igual a mim. A minha Replay protagonizara a cena antes e a Replay, nesse caso, seria eu.

Quando vi, estávamos sentadas na sala, contando sobre nós. Aquela foi a forma mais genuína de aprender a me conhecer interiormente. Naquela tarde, passamos a limpo a minha infância, falamos dos nossos pais com a mesma compreensão, lembramos o amor pela minha avó materna, ressaltamos gostos, como detestar sorvete de morango, adorar uva rosada na salada e se arrepender sempre de cortar o cabelo. Nil, para meu alívio, continuaria comigo três anos depois, mas minha igual resolveu dar férias para minha amada, enquanto estávamos no mesmo espaço de tempo, para que minha segunda mãe não morresse de um ataque cardíaco. Evitei saber todos os detalhes sobre meu futuro, mesmo ele estando ali, disponível. Seria como trair a ordem certa das coisas que até então já andavam bem desordenadas:

— Thizi, você precisa estar preparada para o que virá. — Não quis perguntar o que viria, mas parece que a traição do ex, a decepção e a morte do Gabiru não seriam todos os meus dramas pessoais. — Você vai precisar ser forte para se manter. — Forte para me manter onde? Eu já não tinha questionamentos suficientes? Ali prometi que, fosse como fosse, aguentaria.

Sorrindo, me despedi bem diferente de como cheguei. Olhando para o meu semblante alguns anos depois, eu parecia mais divertida e *easy going* com os impactos cotidianos. Nos momentos em que não falamos dos problemas, a conversa foi superagradável. Eu, digo, ela, transpareceu leveza, calma e felicidade genuínas. Saí de lá otimista, compreendendo um pouco mais o beijo com Tito. Cá entre nós, sempre fui de dizer que faria tudo pela minha felicidade. Foi o que ela fez. Lutou por nós, mergulhou fundo para buscar a pedra rara que salvaria nossas vidas. Se ela beijava Tito todos os dias, já que estavam casados, que mal cometeu beijando o Tito do passado? Para mim, valia o segundo beijo e nada mais.

Resolvi nada contar para Tito sobre o último encontro. Ele me apoiava em tudo, mas eu acabaria sendo vista como louca por estar encontrando comigo mesma rotineiramente. Não sei o que escutaria caso tomasse conhecimento de que nosso primeiro beijo ocorrera sem a minha participação. Seria quase como fazê-lo acreditar que um ET estava morando no meu armário.

Saíra de casa achando que traí minha própria confiança, mas voltei compreendendo sobre mim mesma e os limites do que poderia fazer para realizar meus sonhos, buscar minha paz e descobrir meu mundo, fazendo dele o melhor lugar de todos para se morar. Cheguei em casa aliviada. Se ela tinha ficado com Tito, poderia ser mais fácil entender. Resolvi entender. Não me culparia. Pelo menos esse assunto estava encerrado.

Ao entrar em casa, dei vários beijinhos na bochecha de Nil, que sentiu minha melhora de humor. Ela adorava me ver feliz e sua presença completava minha família. Deitei no sofá, olhei a sala do meu apartamento e lembrei da casa da minha igual. Meus pais haviam decorado o apartamento de maneira básica e minha mãe dizia que eu poderia mudar o que quisesse, mas nunca imaginei um apartamento como o da minha Replay. Confesso que agora queria mudar tudo da minha casa. Enquanto devaneava, Nil avisou que tinha recados para mim. A faculdade tinha ligado. Quando eu retomaria os estudos? Tadeu e Tito tinham telefonado. Clara a torcida de Nil pelo meu melhor amigo. Apesar de todo o carisma do ex, o faro invejável da minha empregada sempre desconfiou do jeito enrolão do moço. Pouquíssimas vezes, para não dizer nunca, vi Nil errar seus achismos. Seu lado anjo da guarda continuava realmente infalível e seu escolhido estava definido: Tito, pronto e acabado, ou como dizia a própria Nil, combinado. Tadeu ligara tanto que fui aconselhada a retornar sua ligação primeiro.

Não tinha muito mais para falar, mas Tadeu sim. Ao escutar o meu alô, desandou a falar:

— Thizi, a gente precisa conversar. Você não pode mais nos tratar como algo inexistente.

— Nossa, Tadeu, que consideração. Reparei como você foi preocupado com a gente nesse um ano de namoro.

— Thizi, não conversamos ainda. Simplesmente fui eliminado, sem direito a defesa e resposta. Você decidiu, não presto e terminou, sem ouvir minha opinião.

— Opinião? Versão, você quis dizer, né? Tadeu, eu tô cansada, tive um dia cheio. Devolvi sua ligação por consideração.

— Cheio de quê, Thizi? Nem pra faculdade você tá indo. O que você anda fazendo que eu não sei? — Embora um chato, Tadeu tinha razão. Mesmo assim, e daí? Ele não tinha mais nada a ver com meus passos, ou com o que eu estava fazendo. Jamais contaria para ele sobre a igual a mim. Extrapolou ter que escutar acusações de um cidadão que nem na minha vida amorosa morava mais.

Antes que ele pudesse dizer algo, dei um corte, calmamente e sem mudar o tom de voz:

— Você não tem nada a ver com isso. — É assustador o valor que damos para algumas pessoas e nos enganamos. O que vivi com Tadeu foi apenas um grande erro. Apesar de sua habilidade para pegar outras garotas e trair nosso pacto de palavras, eu o admirava ainda menos por isso. Tadeu era o antipoeta, o pobre homem que comete absurdos e não se culpa. Em algum momento, achei que ele seria o cara, quando na verdade nem conhecia com quem tinha namorado. Fui influenciada por ele ser admirado e sociável. Me sentia bem ao chegar às festas com ele e me tornar também, por afinidade, uma garota especial. Nossas saídas eram animadas, passeávamos muito, ríamos com amigos, fazíamos viagens, mas nossa relação se mostrava vazia e sem profundidade. Meu ex-namorado usava o seu carisma para mentir e agir da maneira mais safada e conveniente.

Engraçado lembrar que acabei gostando do Tadeu porque estava sozinha, sem nada melhor para fazer. Juro que foi assim. Aconteceu quando Tito viajou para um intercâmbio de dois meses no Canadá e me senti solitária o bastante para namorar, mesmo sem estar loucamente apaixonada. Isso faz lembrar uma frase que li do Ian Kerner: "Você só fica a fim de caras por quem não está a fim de verdade". É a velha história de começar a sair, sem muita preocupação, e, quando se dá conta, está envolvida até o pescoço, tendo que dividir uma rotina e conviver com todos os defeitos do pseudonamorado.

Ninguém passa pela vida de alguém impunemente. Tadeu mudou minha rotina em tão pouco tempo que confesso não saber como o deixei ser importante, quando, na verdade, Tito estava em um grau de importância maior, incluído no seleto grupo de pessoas que amo profundamente.

Ao retornar do intercâmbio, Tito se deu conta de que meu namoro estava firme e nossa amizade sofreria algumas mudanças. Passei a encontrá-lo em tardes divertidas na minha casa, com sorvetes no meio do sábado, ou longos papos na praia. Sexta, sábado e domingo de noite, Tadeu tinha prioridade. Nunca perguntei o que noturnamente Tito fazia nos seus finais de semana, porque tinha receio das respostas. Também nunca pensei em nós como casal, nem tive ataque de ciúmes, mas jamais quis saber sobre as ficantes, ou detalhes das noitadas do meu *best friend*. Era um sinal! Vale contar que, quando o conheci, Tito terminara um namoro longo, de anos, tendo passado o final da infância e parte da adolescência com a mesma garota, chamada Cristina. Eu me sentia a segunda da sua vida, mas nunca me dei conta disso. Tadeu foi uma espécie de vingança, em que eu mesma provei do veneno.

O telefonema com Tadeu ainda não tinha acabado. Ele voltou com sua metralhadora no meu ouvido:

— Thizi, você está me escutando?

— Tô, tô escutando. — Não, não estava.

— Então, qual vai ser?

— Qual vai ser o quê, Tadeu?

— Nós dois.

— Ah, não, Tadeu, tô cansada. Corri o dia todo, tô querendo ficar sozinha. Vou desligar.

— Olha, se te encontrar por aí com aquele otário, vou perder a cabeça.

— Tadeu, vou desligar.

— Na minha cara? Thizi, acho que não ficou claro que não vou aceitar você desfilando com seu melhor amigo por aí.

Escolhi a pior opção. Bati o telefone na cara do ex. Estava realmente cansada do dia intenso e sem paciência para ficar escutando, rebatendo, explicando... Meu namoro com Tadeu não existia mais e nada precisava ser discutido.

Tadeu não ligou de volta. O que poderia ser um péssimo sintoma, já que, calado, um ex-namorado pode ser mais vingativo do que esbravejando.

Dormi pesado e não lembro como peguei no sono. Aquela semana queria tentar pensar em mim, repensar a faculdade, ocupar a mente e, quem sabe, deixar todo o pesadelo para trás.

Duas sextas-feiras depois do telefonema, Tadeu sumira, e eu e Tito fomos jantar em um restaurante italiano apaixonante em Ipanema. Na entrada, uma enorme bacia de vidro parecia reunir todas as rolhas do mundo. Um balcão com um mármore enorme preto protegia um garçom com cara simpática, que parecia orgulhoso de dividir a cena com as garrafas mais polidas e brilhantes que já vira. Na mesa, repousavam enormes taças de vinho. Eu e Tito nos olhamos animados, buscando escolher a mesa com mais privacidade possível.

Aquela noite descompromissada foi uma das mais marcantes para mim. Estávamos inspirados, sintonizados e uma pergunta parecia rondar nossos pensamentos: por que só agora, depois de tantos anos de amizade, percebíamos a possibilidade de ir mais além disso? Credito ao destino a demora do nosso encontro. Ao mesmo tempo, tudo foi tão evidente. Ao redor de nós, todo mundo sabia. Quantas vezes pessoas conhecidas ressaltaram o casal lindo que formávamos? Uma senhorinha do meu prédio costumava perguntar como andava meu namorado, e não se referia ao Tadeu.

Naquela noite, além de continuarmos sendo os grandes amigos de sempre, estávamos mais leves emocionalmente. Pela primeira vez nossas mãos ficaram juntas intensamente:

— É bom estar aqui com você, Thizi. — Olhei ao redor, aquela cantina tão aconchegante, com um cheirinho de Itália pelo ar e eu começando uma fase que parecia melhor do que todas as outras.

— Eu sei, é tudo muito bom de viver, Tito. Você é minha melhor companhia.

— Tem mais, agora a gente ainda se beija na boca e o seu beijo é muito bom. — Engraçado escutar Tito dizendo isso. Excitação... Estávamos os dois felizes, animados e apaixonados. Aquilo era amor, o tal amor, do jeito mais nobre da palavra, um sentimento difícil de detectar, mais difícil ainda de achar. Meu encontro com Tito acontecia além do físico, eu sentia ser algo espiritual e, penso, estava escrito no alto das nossas cabeças, no luminoso neon que brilhava com as estrelas.

Capítulo 11

Surpresas e mais surpresas

Saímos do restaurante rindo. Estávamos leves, como se o mundo inteiro sorrisse com a gente. Pequenas imagens de anos da nossa amizade voavam pelo ar, enquanto eu achava graça da narrativa do amigo sobre sua primeira vez tentando dirigir, quando quase atropelou o instrutor de direção quatro vezes. Quatro vezes! Ríamos com ele contando da decepção por começar dirigindo tão mal. Passos calmos, mãos dadas, atravessamos a rua, nenhum carro por perto e, de repente, congelamos. Tadeu estava parado na nossa frente com o pior olhar que vi na vida:

— Oiê — respondi com um misto de surpresa e nervosismo. Rever Tadeu, estando de mãos dadas com Tito, causava, naquele momento, muito desconforto. Apesar de não ter mais nada com meu ex-namorado, me senti mal, como se estivesse cometendo um pecado.

— Deixa ver se entendi. Os dois estão namorando?

Um silêncio sepulcral. Nem a gente sabia. Não queria estar ali, ainda mais tendo que informar se estava namorando Tito. Talvez essa fosse a pergunta do ano na minha vida. Estava namorando, ou não, o Tito? Seria ele o meu ficante? Será que aquele encontro definiria o início do nosso namoro? Tito um dia seria meu marido mesmo, como disse a minha igual? Olhei Tadeu, tive uma reação imperceptível, apertando levemente os lábios e a mão de Tito. Meu olhar pedia calma para o meu passado, parado na minha frente, pedindo explicações. A tensão do momento fez meu pé imediatamente doer na sandália. A velha máxima de que, quando está tudo bem, nada sentimos, mas basta o mundo real aparecer que o corpo reclama.

— Responde, Thizi.

— Tadeu, calma, cara. — Tito estava realmente muito calmo.

— Calma nada. Calma porra nenhuma. Você pega a minha mulher e acha que vai ficar por isso mesmo?

— Tua mulher? Nunca fui tua mulher.

— Thizi, algumas conversas só homens entendem.

— Foi por isso que não quis continuar com você! Além de tudo, é machista. — Impressionante como eu estava cega e desconhecia o cara com quem namorei durante um ano. Em segundos, comecei a questionar como tínhamos namorado quase 365 dias. Tempo demais de convivência com alguém tão diferente de mim. Talvez a gente brigasse o bastante, mas não o suficiente para terminar. Namorei quem não conhecia e, agora, conhecendo-o, estava arrependida de algum dia acreditar na possibilidade de dar certo.

— O importante é: eu gosto de você. — Tadeu pegou na minha mão e ficamos os três de mãos dadas. Tadeu me dando a mão e eu segurando a mão de Tito. Seria a fotografia do ano no Facebook.

— Mas eu não gosto mais, Tadeu — libertei minha mão, elevando um pouco a voz. Precisava ficar longe dele.

— Você vai embora comigo, Thizi.

— Não, não vou. Você não vai mandar em mim. Eu decido o que quero e não você.

— Tadeu, a Thizi não quer falar, cara. Tá todo mundo de cabeça quente.

— Não se mete, Tito. Aliás, você já se meteu além da conta. Daquela vez, arranquei seu nariz; dessa vez, vou arrancar seus dentes.

Tadeu me pegou pelo braço. Tito tirou o braço dele. Tadeu me segurou novamente e ficamos os três unidos em total desunião. Tadeu segurava meu braço com vontade. Enquanto Tito puxava o seu braço, Tadeu deu um empurrão em Tito, que foi jogado na porta de um carro. A discussão estava consagrada. Tito chamava Tadeu de covarde. Tadeu chamava Tito de intrometido e o empurra-empurra começou. Eu, que estava sendo segurada por Tadeu, passei a segundo plano, tentando me equilibrar no alto da minha sandália dourada. Além do corpo girando, minha cabeça estava atordoada e demorei a me recompor.

Um grupo vinha andando pela calçada, viu de longe a confusão e correu para separar a briga dos dois, que pareciam um só, abraçados da maneira mais inimiga possível, sobrando socos para tudo o que é lado. Ironicamente, nenhum dos dois estava mais interessado em mim. Duas meninas vieram me acalmar. Comecei a chorar descontroladamente. Meus olhos estavam embaçados e mal conseguia me dar conta de que Tito recebeu socos no nariz operado. Mais uma vez, foi sangue para todos os lados, o rosto desfigurado novamente em segundos. Em mim, a sensação de já ter vivido aquele momento. Pensei na igual a mim. Eu estava afetada com todo aquele clima de raiva do meu ex-namorado.

Tadeu foi finalmente dominado e ficou dando socos no ar. Levantou mostrando os dentes para Tito, vomitando uma série de absurdos que os presentes ali simplesmente não entendiam. A história aparecia pela metade. Os caras, segurando Tadeu, não sabiam se ele era culpado ou inocente. E Tito, um cafajeste ou bonzinho. Eu, quem seria? Uma clandestina, safada, ou vítima de toda a história? A única coisa clara para todos é que a Thizi da discussão, a Thizi da briga, era eu.

Tadeu foi andando de costas, ameaçando Tito. Prometeu matar meu amigo, ou meu namorado, nem sei. Destruiria a vida dele. Disse isso, gritou aquilo, aquilo outro e isso misturados e batidos no liquidificador.

Depois, o silêncio voltou a reinar e nenhuma palavra se fez forte o bastante para passar pela boca.

Olhei a cena. Tadeu caminhando com pressa, Tito sangrando no nariz, o olhar agitado, os cabelos para o alto. A tristeza que trocamos nos aproximou ainda mais. O cara que eu estava descobrindo que amava tinha apanhado feio, por amor a mim, mais uma vez. Tito me deu a mão, tentei controlar o choro. Tirei a sandália. Agradecemos o carinho daquelas pessoas que nada tinham a ver com a confusão e se arriscaram para nos proteger. Os rapazes pediram cautela e que a gente fosse embora logo. Tudo ficaria bem. Aquele não era meu sentimento. Não tive coragem de avisar sobre a enorme onda que explodia na minha intuição.

As pessoas foram embora depois de garantirmos estar tudo bem. Tito caminhava com vagarosidade, mas realmente queríamos sair logo dali. O carro estava estacionado em uma rua atrás do restaurante.

Eu parecia estar sofrendo de uma pequena amnésia. Não sabia para onde ir. Tito me abraçou e senti meus ombros e costas protegidos, contaminando a minha alma. Uma vontade doce de nunca mais sair do seu lado. Pro-te-ção. Eu morreria naquele abraço com ele. Não morri. Ou quase isso. Estávamos voltando da guerra. Talvez minha história desse um livro dali para frente, porque os próximos minutos seriam uma dessas séries americanas, cheias de agilidade e mocinhos voando pelos ares. Nós continuávamos andando pela rua. Ipanema é um bairro ideal para caminhar lado a lado, mas a gente não conseguia ver nada de bonito naquele dia. A noite se tornara cinza, fria e dava medo. Um forte cheiro de estresse pairava no ar. Na verdade, parecia novamente um cheiro de hospital...

Tito estava visivelmente humilhado por ter apanhado mais uma vez do ogro do meu ex-namorado e seu nariz havia parado de sangrar, mas inchou absurdamente. Eu estava chocada com o comportamento enfurecido de Tadeu e sentia as lágrimas caindo sem autorização. Tadeu perdera não só a calma e a razão, mas deixara para trás também o mínimo de boa imagem que eu poderia conservar dele.

O pior, porém, Tadeu ainda faria...

Quando nos demos conta, meu ex tinha pego seu carro e subiu a calçada na nossa direção, sem pé algum no freio. Foi tudo rápido demais. Consegui acompanhar o malabarismo de Tito para fugir do carro, muito mais interessado em esmagá-lo do que em me atingir. Respirei fundo. Vi Tito pular um muro e cair no canteiro do outro lado. Não tive a mesma sorte, ficando sem ter para onde correr. Um enorme carro virou pesadelo na minha fuga. Lentamente meu corpo dava sinais de que o pior aconteceria e aconteceu. O carro de Tadeu me pegou literalmente pelas pernas, levantou meu corpo e parou, depois de bater em outro carro. Enquanto meu ex-namorado desmaiava, eu caía no capô, era jogada para frente, encontrava um carro parado na calçada e terminava a cena caindo no chão.

Enquanto meu corpo voava pelos ares, consegui em poucos segundos ver o céu e depois o rosto da igual a mim. Enquanto me vi inerte, deitada em cima de um lago do meu próprio sangue, me distraí olhando minha xerox. Ela parecia ter acompanhado cada momento do acidente e me olhava placidamente, como se soubesse de cor aquele acontecimento, do jeito que seria. Sorriu para mim. Mais uma vez me admirei. Eu estava bonita.

Tito acordado, de pé, no gramado de um prédio, parecia não acreditar na violência dos fatos. As luzes das casas começaram instantaneamente a se acender. Pessoas saíram dos edifícios. Fechei os olhos e passei a escutar tudo, inclusive a voz da igual a mim, cantando uma música que me acalmou. Entendia o meu estado crítico pelas vozes desesperadas ao meu redor. Muito ao longe, escutava Tito tentando explicar a situação. Ele estava atordoado, continuava sangrando pelo nariz e as pessoas perto achavam que o sangramento era pelo acidente. Os pedidos de socorro foram imediatamente providenciados. Obviamente, pelo meu estado de total imobilidade e minha cabeça sangrando, eu precisava de atendimento rápido, urgente e profissional. Um gelinho não resolveria mesmo.

Enquanto dormia, caída no meio da rua, a igual a mim passou a mão no meu cabelo. Tentei falar algo, mas alguém perto de nós pediu silêncio e fez com que eu me acalmasse. Disse que a ajuda estava chegando. Sabe aquela vontade de nos colocar no colo e cuidar de nossa própria alma? Como Tadeu teve coragem de tentar nos matar?

Nós sofremos uma tentativa de homicídio e, por motivos claros, eu não estava mal só fisicamente, mas emocionalmente também. Mesmo assim, ainda me sentia viva e queria avisar que não estava tão mal quanto parecia. Cada vez que tentava falar, as pessoas ao redor se assustavam. Meu semblante devia estar péssimo. Vozes me pediam calma, o resgate já estava chegando e tudo ficaria bem.

A igual a mim, calada, continuava acariciando meu cabelo com o carinho que somente Tito sabia fazer. Com a ajuda de um rapaz, meu melhor amigo aproximou-se. Estava mancando:

— Thizi, segura firme. A ajuda está aqui e você vai ficar boa logo. Eu amo você. Amo você, está me ouvindo? Você não pode morrer agora.

Senti meu coração bater mais forte do que poderia prever ao escutar a voz de Tito falando na minha morte. Meus olhos ficaram molhados, mas não consegui deixar escorrer uma lágrima. Como gostaria de dizer o mesmo, que o amava, mas minha alma parecia ter sido lacrada e proibida de dar declarações. Eu me sentia totalmente sem força. Ainda tentei mexer os dedos, mas minha mão estava enfraquecida. Desaprendi em minutos a movimentar meu corpo. Assustador. Meu cérebro corria acelerado, mas o corpo parecia morto.

Sinto informar que poderia morrer. Eu não era a protagonista do mundo e muito menos de algum livro em que a escritora precisa me preservar viva ou as leitoras vão criticá-la caso cometa o assassinato da mocinha. O perigo de vida parecia uma verdade. No mundo real não acontece assim? Ou apenas pessoas do mal morrem? Não. Por ser um ser humano normal, corria risco como qualquer pessoa. Confesso que senti um arrepio imenso só de imaginar minha vida encontrando o seu fim naquela rua de Ipanema.

Dos três acidentados, eu parecia em pior condição. Imediatamente imobilizaram meu pescoço, fui colocada em uma maca. Respirei fundo, o corpo todo doía. Tito iria comigo na ambulância e se apresentou como meu namorado. Tadeu também estava sendo atendido e escutávamos seus gemidos.

Na ambulância, Tito tentou se comunicar comigo. Quis responder, mas não pude. Minha cabeça parecia fora do ar. Senti vontade de gritar, mas naquele instante acabei sendo surpreendida pela presença da igual a mim novamente ao meu lado. Um soro foi colocado no meu braço. Pela primeira vez, desde que a vi naquela boate, percebi algo diferente. Ela não parecia real. Estava presente, mas distante, como se fosse uma nuvem no ar. Falava comigo e eu entendia pouco suas frases:

— Lute! Força! Não desista agora... — Se aquela garota não tinha engolido um livro de autoajuda, constatei, eu estava morrendo. Dessas mortes demoradas, cheias de relatórios pós-ida e gente torcendo pela vida.

Tentei dizer para a igual a mim sobre meu estado de consciência. Eu estava bem. O soro devia ter algum medicamento, porque uma enorme preguiça foi tomando conta de cada pedaço do meu corpo. Senti um pequeno formigamento na coxa. Meu coração batia fora do compasso.

Tito e a igual a mim seguravam minha mão. Os dedos dela pareciam fumaça, enquanto a mão do meu namorado era bem real e suava frio, deixando nossos suores se misturarem na mesma emoção de desespero. Senti que morreria, uma sensação horrorosa. Meu corpo flutuava. Meu pensamento colado em Tito e o corpo subindo... Dava gritos dentro de mim, revoltada com a possibilidade de morrer tão jovem quanto Gabiru. Um ar gelado entrou pelo meu nariz e senti pela primeira vez na vida o pulmão e o coração funcionando no mesmo ritmo. Eu ia morrer. Estava morrendo.

Apaguei. Morri. Acho que morri.

Capítulo 12

Alta velocidade

Comecei a ouvir a voz de Tito com clareza. Ele conversava com a médica, enquanto ela me examinava. Recobrei a consciência com Tito ao meu lado. Foi a energia dele que me trouxe de volta.

Para minha surpresa, de repente a médica começou um interrogatório sobre a noite do acidente. Estranhei a versão que Tito dava aos fatos. Ele não disse que, ao sairmos do restaurante, fomos atropelados por Tadeu. Tito falava de outra noite...

— É que eu fotografei o namorado dela beijando uma garota. Ele tinha mania de fazer isso direto. Mesmo com os dois no mesmo evento, ele dava um jeito, se desvencilhava e beijava alguém. Ele criou até um bordão para a mulherada, quando elas questionavam essa constante traição: "Pega, mas não se apega".

— Cheio de moral, o garotão — respondeu a médica, claramente ofendida com a frase arrogante, enquanto fazia procedimentos no meu corpo.

Eu não entendia Tito. Por que ele estava contando sobre a noite na boate? A médica estava curiosa e pediu que continuasse.

— Na boate mesmo mostrei a foto pra Thizi. — Mostrou a foto para mim? Como, se eu não estava lá? — Nós somos muito amigos, amo essa garota.

— Como então ela foi parar no carro do namorado? — Eu fui parar no carro do Tadeu? Não tinha sido Gabiru? Como assim? Aquela resposta eu também queria ouvir.

— Eles discutiram na boate. O Tadeu é um grosso, babaca. Fui defendê-la e ele meteu um soco no meu nariz. Decidiu que a Thizi iria embora com ele. A gente tentou impedir. Até o seu melhor amigo, o Gabiru, se ofereceu pra ir no lugar dela, pra segurar a onda do cara. Quem acabou entrando no carro foi a Thizi.

Uma enorme tela azul apareceu na frente dos meus olhos e me lembrei finalmente da noite na boate. Um *flash* de várias imagens surgiu diante de mim, como em uma edição de imagens no computador. Eu estava lá. Tito fotografou Tadeu e me mostrou a foto imediatamente. Não foi Beta quem me acordou no dia seguinte. Tive um ataque ali mesmo e a briga incluiu Beta de dedo na cara de Tadeu, Gabiru segurando Tadeu, Tito apanhando do mesmo jeito, Tadeu me obrigando a entrar no carro, Gabiru segurando minha mão e dizendo:

— Thizi, deixa que eu vou no seu lugar.

— Não, Gabiru, vou eu. Você não tem nada a ver com isso. Cada um mergulha no próprio destino. — Segurei a mão de Gabiru, dei um sorrisinho e consegui rir do momento: — Você é demais, Thizi. — Ali entendi que simplesmente sempre gostei do Gabiru. Jamais tive com ele qualquer dificuldade de convívio. Não gostava dele tanto quanto gostava de Tito, mas gostava bastante. Amava Tito como sempre amei, mas demorei a perceber.

Um frio me dominou de maneira uniforme e intensa. Se fui no carro, em vez de Gabiru, eu é que estava entre a vida e a morte!

Enquanto acordava, mesmo dormindo, entendi tudo. Aquele dia da boate tinha sido decepcionante. Eu estava cheia do Tadeu, cansada de suas traições e mentiras. O soco em Tito se tornou, enfim, o motivo do *grand finale*. Como ele teve coragem de dar um soco em Tito na minha frente? Estava decepcionada, contrariada e revoltada. No carro, falei tudo o que jamais tive coragem de dizer. Tadeu não me merecia. Cada um dá o que tem e, para ele, eu não podia dar o carinho e o respeito necessários para nosso namoro ser algo que prestasse, já que ele me humilhava na frente de todo mundo da Barra da Tijuca.

No carro, meu namorado traidor berrava enquanto dirigia. Chamava Tito de otário e dizia que mais uma vez ele tinha se metido em nosso relacionamento. Nossa discussão se intensificou. Me irritava a ideia de Tadeu se achar meu dono, querendo mandar nas minhas amizades, quando acabara de me trair com direito à fotografia. Não só reclamei do discurso ridículo, como, sem querer, entreguei meus sentimentos:

— Você tem noção do que ele representa pra mim? Em função dos meus problemas com você e da minha amizade com ele, Tito se tornou a pessoa mais importante da minha vida. Se meus pais vivem viajando, e você sabe que sim, ele se dedica a mim, me dá atenção e cuida da minha felicidade de uma maneira quase inexplicável.

— Eu, Thizi, onde apareço nesse cenário? Você tá maluca? Sempre fiz tudo por nós dois.

— Também fez muita coisa ruim pela gente. Foi capaz de me trair mais do que qualquer idiota. Fui traída em todas as boates do Rio, Tadeu. Você me trai quando estou ao seu lado, um absurdo isso! E todas as fichas só caíram hoje. Todo mundo está me achando idiota e, eu, mais que todo mundo. Queria saber até quando atuaria sem ser descoberto? Quero acabar com esse namoro antes que você acabe comigo.

— Culpa do palhaço do Tito.

— Limpe a boca pra falar do meu amigo.

— O que você vê nesse cara, Thizi? Nós temos muito mais em comum.

— Nem sei mais como te namorei por um ano. Nunca mais, Tadeu, entende? Gosto do Tito. Gosto muito, gosto tanto que eu amo o Tito.

— Como é que é?

— Eu acho que amo o Tito.

— Ahahahahah... Só faltava essa! Thizi, não aceito vocês dois juntos. — Nesse momento, percebi que Tadeu acelerava o carro e saía do eixo da rua, indo e voltando do acostamento. Ele tinha bebido bastante, como sempre, e nunca foi responsável. Tadeu representava um mundinho vazio, achando que podia beber, pegar seu carro, ficar por isso mesmo e que jamais seria punido.

A velocidade do carro aumentou. Pedi para descer, não ficaria arriscando minha vida em uma situação babaca. Não deveria ter entrado naquele carro, mas achei ser o mais certo a ser feito diante de toda a confusão:

— Para o carro.

— Não se mete com a minha direção, Thizi.

— Quero descer.

— Não vai. Só paro quando a gasolina acabar. — Comecei a me desesperar. O tanque estava cheio. A gente pararia em Angra dos Reis até o fim daquele combustível, ou, sei lá, chegaria a Santos. Só que não foi isso o que aconteceu. Tadeu perdeu o controle do carro, depois de berrar sobre eu estar mudada e fria. Outro *flash* de imagens aceleradas passaram na minha frente. Várias noites com Tito, nossas conversas, olhares, cheiros... Meu interior descobriu naquele instante que eu amava meu melhor amigo, tudo o que a gente viveu, e eu não queria morrer.

A igual a mim apareceu voando na frente do vidro do carro. Estava linda, sorrindo, com os braços abertos, os cabelos voando e uma paz invejável. Parecia me chamar para me fazer ver a pessoa que sou de verdade, sem as amarras da vida e os medos que me impediam de ir adiante. Eu estava voando alto. Não sentia receio de nada, parecia dona de mim, capaz de realizar meus sonhos exatamente como eles foram sonhados. A vida como quis estava ali para ser vivida, assim como um livro pronto para ser lido.

Quando pensei que gostaria de ser aquela igual a mim, capaz de viver um grande amor, atingir a realização profissional, estudar, trabalhar sem achar que a vida pode ser menos do que ela é e tudo ser maior do que qualquer problema, qualquer mau humor, qualquer dia medíocre, Tadeu enfiou o carro no muro e eu comecei a morrer.

Depois, só me lembro de ser levada para o centro cirúrgico. O choque tinha sido violento e me presenteou com um grande coágulo no cérebro. A cirurgia de horas me fez repassar várias vezes nossa saída daquela boate.

Entendi, enquanto o médico abria meu crânio com um bisturi, que a igual a mim nunca existiu. Logo, eu também não fui a uma boate e me vi dançando. Também não visitei um apartamento lindo, onde um dia moraria. Não beijei Tito. Mas isso é quase irônico dizer. Enquanto lutava para viver, buscando respirar com normalidade, pensei que beijar Tito e estar com ele seria o melhor a fazer assim que ficasse boa. Enquanto o médico operava o meu cérebro, me vi linda, com um vestido longo, florido, com uma enorme flor no cabelo, Tito vindo na minha direção, me puxando para dançar e Norah Jones cantando “Come Away With Me”: “Come away with me in the night, Come away with me and I will write you a song...”. Meu pensamento estava longe enquanto minha existência se decidia na mão cuidadosa daquele médico.

Depois, assustada, me lembrei de quando, ainda pequena, ficava sozinha em casa com uma empregada estranha, mais parecida com uma bruxa. Isso antes da Nil entrar nas nossas vidas. Me senti a mesma menina daquela época, deixada só com uma louca, mal-humorada e misteriosa, para que meus pais fossem curtir a vida. São lembranças verdadeiras e marcantes na história da minha meninice. Meus pais continuavam agindo assim. Ali estava eu, sendo operada sem sequer imaginar em que país meus pais estariam. Já teriam chegado à Itália? Por outro lado, tinha certeza de que Tito estava na sala de espera, desesperado com a possibilidade da minha morte. Gabiru — que, você já deve ter concluído, não morreu — o acompanhava, dando apoio e segurando a onda de outros amigos. Todos chocados com a atitude ridícula de Tadeu.

Meu ex-namorado, autor de um crime contra mim e contra si mesmo, também estava sendo operado. Lutávamos para sobreviver e parecia difícil vencer essas duas batalhas. Senti uma certa dúvida entre morrer e não morrer. Me deu uma preguiça de ir embora. Achei que seria mais fácil permanecer neste mundo, apesar de sentir que apenas um fiozinho me segurava no planeta Terra.

Se existe espírito, ou outro mundo, não sou eu quem vai responder. Só sei que tive alucinações durante toda a cirurgia. Fiz promessas para ser igual à igual a mim, que, na verdade, continuava sendo eu mesma. Prometi ter o brilho daquele cabelo, mandar embora meus medos, buscar minhas alegrias internas e externas, sentir mais o cheiro da vida e me aproximar de tudo de bom ao meu redor. Não senti nenhuma dor física durante esse período de delírio. Apenas muita, muita vontade de dormir. Assim eu fiz. Fiquei em coma um mês, 34 dias para ser mais exata. Tempo que alucinei ser Gabiru, lutando para viver. Durante todo esse tempo respirei com a ajuda de aparelhos.

Curiosamente, alguns acontecimentos externos, ocorridos no quarto onde eu estava, influenciaram diretamente nos meus pensamentos em coma. Sempre tive simpatia por Gabiru e vivemos momentos ótimos, de risadas e papos deliciosos. Por que eu teria insistido na ideia de não gostar dele? Simplesmente porque, um dia, ao entrar no meu quarto, meu amigo disse: "Eu me odeio por não ter ido no lugar dela naquele carro".

O mesmo aconteceu com a faculdade. Na minha alucinação, a teria abandonado. No meu mundo real, estava prestes a me formar em Moda. Enquanto lutava para viver, a informação de que estava perdendo aulas interferiu diretamente no meu pensamento de achar que tinha abandonado a faculdade. O belo apartamento da igual a mim demonstrava a minha paixão por decoração. Eu gostaria muito de trabalhar unindo moda com decoração de interiores, principalmente de salas.

Durante o meu coma, me vi fazendo e refazendo uma vida que pertencia a outra pessoa e que eu tratava como se fosse minha. Meus pensamentos pareciam o filme de alguém, ou uma rádio tocando sem parar as melhores canções, ou uma novela das oito em que cada capítulo apresenta uma novidade. Enquanto isso, eu ficaria muitas e muitas horas deitada no quarto, esperando o dia de acordar. O dia que quisesse acordar.

Em um dos dias do coma, senti algo diferente. Não existia apenas aquela vida que estava vivendo. Na realidade, as pessoas envolvidas desconheciam por completo tudo o que acontecia ao meu redor. Eu estava recebendo um chamado, um toque no meu corpo que me fez sentir mais próxima do mundo real. Sim, Tito estava ali na sala do quarto de hospital, fora me visitar. Me senti abrindo os olhos, mas não estava com os olhos abertos. Continuava com uma preguicinha tão grande de sair do estado de sono... Quando vi, estávamos eu, Tito e a igual a mim na janela:

— Aí, moça, o cara tá aqui pra te ver. Abre logo esses olhos. — Ela apareceu sem ser chamada, continuava a se meter no meu caminho, mas pelo menos agora eu sabia que ela não existia.

— Não se meta, tô com muito cansaço... Não sei se quero abrir os olhos.

Tito pareceu escutar minha declaração:

— Thizi, você precisa acordar, precisa viver. Não dorme mais, por favor. Todo mundo aqui tá sentindo sua falta. A Nil chora todo dia. Acendeu vela pra todos os santos. Até seus pais voltaram de viagem, o que, você tem que concordar, é bem surpreendente — Tito ficou rindo e me emocionou quando o vi chorando.

De repente, me vi em pé na cama. Depois, me vi também na janela, na cama e até assistindo à toda a cena, em pé, na minha frente:

— Não acha que tem gente demais aqui? Eu, você e agora outra de você vendo tudo? Quem é essa que apareceu? — A igual a mim parecia com ciúme de não ser a única alucinação presente no recinto. Apesar de a outra estar completamente muda, apenas observando a visita de Tito, sua presença não tinha como passar em branco.

— O grande mal da sua existência está em se meter demais na minha vida. Deu tudo errado por sua causa.

— Minha causa? Olha aqui, cheguei e você já estava em coma. — A história real do acidente tinha sido o começo de todos os pensamentos malucos do último mês.

— Achei que pessoas em coma só dormissem.

— Existe mais sobre a mente humana do que imaginamos. — Ela me disse isso como se estivesse acostumada a invadir o coma das pessoas.

— Pelo menos você beijou o Tito pra mim — disse sorrindo para a Garota Replay.

— Não foi um beijo real, mas beijei. — Pensando no beijo, acabei mexendo minha mão. Tito, que parecia longe, pensando em nós dois, interrompeu o pensamento e focou sua atenção para a minha mão. De novo mexi os dedos, quase involuntariamente.

— Thizi, você tá aqui. Volta pra mim. Vou esperar o tempo que for.

Mesmo naquela situação, consegui entender que, pela primeira vez na vida, eu realmente acreditava em alguém. Fui criada para desconfiar das pessoas. Recebia geralmente um "voltamos já" dos meus pais, nunca rápido. De adolescente solitária, agora me sentia a bela adormecida da zona oeste carioca.

Tito avisou aos médicos que mexi os dedos. Naquele dia, passei por novos exames e fui virada do avesso insistentemente, para que pudessem descobrir por que eu não acordava. Até as enfermeiras sopravam no meu ouvido palavras de incentivo e tentavam conversar comigo.

Dois dias depois, meu estado piorou. Peguei uma infecção que só foi controlada com muitos remédios. Depois, melhorei um pouco, para piorar horas depois. Lembrei do desenho da cabeça com escadas. Agora a cabeça estava em fogo, incendiando, quase caindo do pescoço que a sustentava.

Um dia, ainda em coma, uma tensão tomou conta de mim. Me dei conta de que na minha alucinação Gabiru tinha morrido. Imaginei, então, minha morte iminente. Senti medo. Precisava voltar pelo menos para dizer a Tito que, depois de tanto tempo de amizade sincera, o melhor aconteceu: ele se tornara o meu amor. Com ele queria olhar o mar, andar de mãos dadas, tomar sorvete de flocos, assistir a filmes de comédia romântica, ver o Sol se pondo na tarde na Barra, correr fingindo fugir, quando tudo que se quer é ficar, dar beijinho no rosto com vontade, olhar com desejo um para o outro, dançar abraçadinho na sala, gargalhar junto depois de alguma bobagem dita e saber um monte de coisas que só duas pessoas que se amam vão saber para sempre...

Depois de 34 dias, sem nenhum aviso, meus olhos abriram. Acordei. Estava livre do coma. Voltei a ver o mundo real e dei de cara com a enfermeira mexendo no soro preso na minha mão. Certamente, não havia ali nenhum medicamento para dormir, porque a reação de alegria, ao me ver abrindo os olhos, seria digna de uma fotografia. A corrente "Acorda, Thizi" parecia estar firme e forte no pensamento das pessoas. Que bom estar de volta.

— Thizi, tudo bem? — Demorei a entender que a enfermeira falava comigo. Um vento frio estava presente no quarto. Respirei fundo. Tentei tirar o soro ligado a mim. — Calma, você vai ficar boa logo.

— Não sei, tinha que, queria, desde que dia, pode trazer... — Fiquei assim. Pelo menos uns quinze minutos meio zonza, falando bobagens. — Cadê ela? Cadê a igual a mim? Ela pode explicar o que aconteceu...

— Igual? — A moça de branco não poderia supor o tamanho do meu sonho, para onde eu tinha ido e quem encontrara.

Avisado pela enfermeira do meu despertar, um médico adentrou no quarto, acompanhado de mais duas pessoas que eu não conhecia. Eu me sentia melhor. Ele me fez perguntas simples, buscando saber o nível do meu entendimento das coisas:

— Thizi Skouvkz Siter Aluci. — Sim, parecia ser alguma aberração, mas minha assinatura levava vários sobrenomes diferentes herdados da minha família europeia.

— Você sabe como veio parar aqui? — O médico queria saber se eu estava bem, imagino que para detectar possíveis sequelas.

— Eu me lembro do carro. Me lembro do Tadeu, da briga. Gostaria de saber como está o Tito.

— Tito é o seu namorado? — O médico não podia fazer pergunta mais fácil?

— Não sei.

— Bem, se for o rapaz que está morando na sala de espera só para poder ficar ao seu lado poucos minutos por dia... Bem, se isso não for namoro, não sei. Você namorava enquanto dormia. — O médico demonstrava simpatia. Enquanto conversava, me examinava. Devo ter sofrido bastante, passado momentos de dor e quase morrido, mas nada ficou na memória. Sentia desconforto no corpo, imagino que pelo tempo de imobilidade na cama. — Posso avisar sua família que você quer vê-los?

Na minha cabeça, parecia que não encontrava meus pais há anos. Mesmo assim, minha urgência estava ligada a Tito e pedi ao médico:

— Peço ao senhor que mande avisar ao rapaz que está morando na sala de espera que acordei e queria vê-lo.

— Isso é fácil. Ele já deve ter chegado.

O médico passou a mão na minha cabeça, demonstrando alívio por me ver recobrando a vida. Imagino a alegria de um profissional de Medicina ao conseguir tirar belos adormecidos de longos sonos. Saiu do quarto, prometendo voltar mais tarde.

Enquanto a enfermeira cuidava de mim, olhei pela janela. O céu estava com um azul incomum e belo. Um passarinho brincava animado nos galhos de uma árvore. Vivi a experiência mais forte da minha vida e, o melhor de tudo, sobrevivi sem perdas, apesar de todas as perdas no caminho.

Capítulo 13

Fim que se começa

Quando a porta do quarto do hospital se abriu, Tito colocou a cabeça, sorriu e eu senti vontade de correr para abraçá-lo. Aquela cena lembrou levemente o momento em que fui visitar Tadeu no hospital, quando ele lutava para salvar o seu rim. Aquele dia existiu somente na minha imaginação, enquanto, na vida real, me sentia bem melhor com Tito entrando no meu quarto. Estava com saudade do meu amigo. Ele apareceu todo arrumado, com uma camiseta cinza, calça jeans e um sapatênis creme, azul e gelo. Mesmo depois de tanto tempo de ausência do mundo, ainda sei como faz bem respirar a vida novamente. Estava ali minha segunda chance, o recomeço. O dono do meu sorriso preferido entrou no quarto e minha pulsação aumentou. Eu queria, urgentemente, falar de saudade, do tempo em que estive longe:

— Saudade de você, garoto!

— Patinha, não faz isso nunca mais. Você já dormiu sua cota. Vai ter que ficar acordada, me olhando dormir. Tô com sono atrasado por sua causa.

— Não estava dormindo, Tito, mas sim em coma.

— Você foi a bela adormecida que encheu o vazio da sua presença na minha cabeça — lembrei do meu novo título de "Bela Adormecida da Zona Oeste". Eu mesma me nomeara assim. Tito riu. Estávamos ali novamente juntos. Me senti confusa lembrando do médico falando de nós dois como namorados. Enquanto dormia, beijei meu amigo na boca e cheguei ao ponto de roubá-lo de mim, chegando a sentir ciúme da Garota Replay, em atitudes dignas de alguém que sofre de esquizofrenia. O mundo real estava em mim novamente.

— No que você está pensando, Patinha?

— Se te contar... Quer dizer, acho que um dia vou poder te contar tudo o que aconteceu nesse mês que ficamos longe.

— Vamos ter todo o tempo do mundo — Tito deu aquela piscadinha de olho que só ele sabia dar.

— Como está o Gabiru? — perguntei para confirmar.

— Tá ótimo.

— Ele não estava no carro comigo e com o Tadeu, né?

— Não. Ele foi embora comigo.

— Agora eu sei. Só agora entendi direito o que aconteceu. Estávamos na boate e saí com o Tadeu sozinha.

— Isso. Infelizmente foi isso mesmo. No dia em que o Gabiru veio te visitar, você passou mal e piorou. O cara não gostou de te ver ruim. — Na hora confirmei por que eu imaginara Gabiru no hospital, quase morrendo. Mas eu é que estava no seu lugar.

— Trouxe dois presentes pra você.

— Dois? Nossa! Não faço aniversário, nem nada.

— Se pudesse, traria o mundo todo e colocava no seu colo.

— Você já faz isso, todo dia.

— Você nasceu de novo, merece ganhar presentes. Ano que vem, vai estar comemorando um ano de vida. Enquanto estava preguiçosa aqui, me lembrei de você.

Abri o presente eufórica. Estava curiosa para saber o que estava escondido no pacote azul-royal com laço prateado. Os presentes do meu moço preferido costumavam ser os melhores. O primeiro, uma bolsa finíssima, preta, com dourado nos detalhes e um emblema de rainha.

— Amei, de muito bom gosto!

— Minha mãe ajudou a escolher. Assim você aposenta aquela sua bolsa cinza. — Costumeiramente usava uma bolsa cinza, antiga, um presente de minha mãe. Trocava, usava outras, tinha várias, mas volta e meia colocava a mesma cinza. Quando Tito reclamava, nem dava atenção, questão de gosto, dizia eu. Outras vezes, brincava de acertá-lo com a própria bolsa, afirmando que ele merecia umas bolsadas. Gargalhei segurando a bolsa nova. Tito sabia tanto da minha vida, minhas manias, meu ritmo, meus vícios, minhas vontades e meus sonhos.

Para me emocionar de vez, veio o segundo presente: uma caixa de joia. Tem algo mais romântico que uma caixinha em um papel listrado de rosa-claro e rosa-velho? As cores pareciam com as do hall do apartamento da igual a mim. Se não fosse a curiosidade, deixaria para sempre a caixa fechada, pela sua beleza:

— Abre, anda, Thizi! Quero saber se acertei.

— A caixa é muito linda, dá até vontade de não desfazê-la! Me lembrou... Ai, tô emocionada, Tito.

— Acho que vai preferir o que tem dentro.

Abri a caixa, fiquei encantada. Lá estava um cordão de coração em ouro branco, com um diamante do lado direito e um "T" gravado. Nossaaaaa... Preciso dizer o que senti? O colar era idêntico ao da igual a mim.

— Que fofo! Um coração! Amei! Amei! Amei! O formato, original, a correntinha, adoro assim...

— Achei que não teria problema para colocar a letra "T" no coração. Pode ser um "T" de Thizi, mas, na verdade, pensei em um "T" de Tito.

Certamente não seria um "T" de Tadeu. Aliás, estranho sermos os três com nomes iniciados com "T". Quase como um destino. Tenho me questionado como demorei tanto tempo para compreender meu melhor amigo e descobri-lo como meu grande amor. Como diria a ele que, enquanto dormi, descobri que o amava? Dei um abraço forte em Tito e me senti zonza. Ele ficou apreensivo, mas comentei que, segundo o médico, não podia fazer esforço. Logo o mal-estar passou. Peguei no seu braço e o puxei novamente para perto de mim. Ficamos abraçados, nossa respiração querendo todo o ar do mundo:

— Fica boa logo pra ser feliz comigo... — Um alívio sentir que aquele amor estava sendo correspondido.

— Estou melhor, já posso ser feliz com você. Não podemos adiar nossas vidas.

Nos olhamos. Senti vontade de ser feliz por inteiro, aceitando meus pais do jeito que viviam, com suas ausências e inconsequências, estudando, cuidando mais de mim, trabalhando e vivendo um grande amor:

— Antes de eu voltar a viver, preciso reencontrar o Tadeu.

— Thizi, depois dessa bomba nuclear, o Tadeu mudou muito. Ele está irreconhecível. Até os músculos andam tímidos, emagreceu e entristeceu. Quer pagar na justiça a batida e a maneira como atingiu você. Já me pediu perdão pelo soco no nariz umas dez vezes.

— Dois socos no mesmo lugar. Não sei como você continuou com essa boa aparência.

— Foi um soco só, Thizi.

— É verdade.

— De onde você tirou dois socos?

— Se você soubesse tudo o que eu andei fazendo nesse um mês em que dormi.

— Ah, é? Quero saber de tudo.

— Eu vou te contar, mas acho melhor organizar primeiro o meu pensamento. Acho que ainda tô meio confusa. — Essa foi a desculpa para adiar a conversa sobre por onde andei e o que fiz por aí. Como Tito reagiria quando soubesse do nosso namoro no meu pensamento?

Primeiro eu queria resolver minha vida com o Tadeu.

Minha conversa com o ex-namorado não teve grandes emoções, não foi um grande encontro, nem digna de uma cena de novela das oito no último capítulo. Tadeu me presenteou com flores e concordamos com o ponto final começado no carro, com dias e mais dias de atraso. Nosso fim foi oficializado sem maiores dramas e questionamentos sobre meu amor por Tito. Tadeu fingiu nada ter escutado no dia da batida, não questionou, não insistiu e se calou. Estava abatido e bem mais magro. Hoje acredito que alguém, quando foi me visitar, ou a própria enfermeira, comentou o estado de saúde do meu ex e eu o incluí na novela interna do meu cérebro como o cara que lutava para viver, que quase perdeu o rim, exatamente como estava acontecendo no mundo real. A aparência triste não apareceu somente pelo rim que quase perdeu, mas também pela responsabilidade por aquele acidente fatídico que me causou tantos problemas de saúde.

Estava claro, Tadeu desistiu e se foi, levando metade do nosso ponto final e me deixando uma outra metade de reflexão. Um namoro acaba e jamais seremos os mesmos. Em algumas fases da vida, você se entrega para quem não te dá o menor valor e a única maneira de inverter isso é se valorizar. Aprendi muito sobre meu próprio eu, o que queria da vida e como viveria para atingir meus desejos e objetivos. Quando a porta do quarto se fechou, chorei. Em algum dia de nosso convívio, gostei de Tadeu e acreditei que poderíamos dar certo. Me lembrei dos nossos telefonemas de começo de namoro. Ele tão carinhoso. Se não fosse a infidelidade, certo que ele seria alguém muito melhor. Quem sabe esse acidente tenha conseguido mexer no seu interior e se transformado em uma boa lição? Alguns homens simplesmente não conseguem ser fiéis e não sabem nem por onde começar. São contaminados por um bichinho irritante que os incentiva a mudar de fêmea e ter histórias de poder para contar.

Minha história termina quando começa.

Depois do término com Tadeu, era a hora de acertar minha vida. Apesar de parecer óbvio meu relacionamento com Tito, vislumbrei a possibilidade de o nosso encontro não virar namoro por um leve sentimento de medo.

Após a alta, recebi muitas visitas e a vida parecia calma. Eu e Tito nos encontrávamos, nos olhávamos, mas existia uma espécie de adiamento da nossa conversa final, ou seria inicial? Tito parecia entender que precisávamos de um tempo.

Um dia Beta ligou, estava nervosa, Gabiru e ela tinham terminado. Sim, os dois finalmente engataram um namoro e viviam um relacionamento cheio de energia e loucuras, até que aconteceu essa briga. Não entendi bem o motivo, mas resolvi ajudar a amiga e marcamos um encontro após minha aula na faculdade. Encontrei Beta depois de deixar meus pais no aeroporto para mais uma viagem de não sei quantos meses, para lugares que não sei onde, para fazer não sei o quê. Talvez fossem para a Índia, quase um quintal da minha mãe, e prometeram que voltariam para o Natal. Estamos a cinco meses para o fim do ano. Resolvi aceitar a situação, viver minha vida e pronto.

Beta escolheu para o encontro o Mio Yo Jo, um restaurante japinha superfofo, com garçons engraçados, que atendiam sorrindo e pareciam carregar uma leve alegria nas bandejas. Achei que a conversa não combinava muito com o Mio, mas, vindo da Beta, tudo era possível.

Cheguei um pouco atrasada, um dos garçons indicou a mesa reservada em nosso nome e pediu que aguardasse minha amiga. Ela tinha ligado, avisando do atraso. Beta ligando? Atraso, coisa comum, mas, ligar avisando, uma novidade. Minha amiga andava chique demais. Fiquei vendo fotos no celular e vinte minutos se passaram, sem que eu me desse conta.

Quando Tito apareceu, levei um susto. Ele estava vestindo um blusão azul-claro que eu adorava. Sorriu para mim, correspondi. Eu e meu melhor amigo, sobreviventes de uma história. Tínhamos ficado só os dois e podia ser que todo mundo não existisse mais. Nós merecíamos aquele encontro. Um ar doce entrava nos nossos pulmões e na minha barriga dançavam fadinhas do bem-estar. Tito se sentou, segurou minha mão e, de repente, eu estava vivendo de novo aquele dia da minha alucinação em que fomos ao restaurante antes de Tadeu me atropelar:

— Acabei de ter um *déjà vu* — falei honestamente, ficando imediatamente preocupada, afinal, o fim da noite da alucinação não tinha sido bom.

— Você também?

— Você teve um *déjà vu*?

— Tive. É engraçado isso. Na minha cabeça, esse momento já ocorreu no passado, como se tivesse convidado você pra jantar comigo e esse minuto que passou tivesse acontecido antes.

— Dizem que *déjà vu* e bocejo não se explicam — falei, tentando descontrair.

— Thizi, acho que tantas coisas ficam sem explicação nessa vida.

— Shakespeare dizia que existem mais coisas entre o céu e a terra do que sonha a nossa vã filosofia.

— Como você pode imaginar, a Beta e o Gabiru não brigaram, apenas ajudaram a gente a se encontrar. Você disse que tinha algo sobre seu coma pra me contar. Não acha que mereço saber?

— Acho que sim... Acho que agora tenho coragem. É que, enquanto fiquei em coma, tive visões sobre nós dois.

— Algo ruim?

— Pra mim não foi, mas muda o que existe entre nós.

— Por quê? A gente brigava?

— Não, não foi bem isso.

— O que eu fiz pra você no seu sonho?

— Não sei se foi sonho, me pareceu tão real.

— Não fui legal pra você?

— Tito, você tem sido especial pra mim. Posso garantir que até nos meus sonhos.

— Fala! Tô curioso.

— Então, acho que nunca imaginei ter tanta afinidade com alguém. Eu me sinto tão bem ao seu lado, que, quando fiquei naquela cama, simplesmente me apavorei com a possibilidade de a minha vida acabar e a gente não se ver mais.

— Também sofri muito enquanto você estava ali, ausente.

— Enquanto permaneci em coma, imaginei a gente mais do que amigo. Lembra da história sobre a igual a mim, que tinha uma vida melhor do que eu e se mostrava toda resolvida?

— Sei, você contou por alto. Muito engraçado isso de você se ver enquanto dormia.

— Então, quando a visitei, ela tinha um amor que estava com ela.

— Você esteve na casa dela? Tinha alguém com ela? Alguém com você! O Tadeu tava lá?

— Não, outra pessoa. — Encarei Tito com força no olhar e me entreguei. — Outra pessoa, você!

— Thizi, você ficou surpresa com essa descoberta?! — Tito parecia saber a resposta, mas, ao mesmo tempo, estava surpreso por eu ter tido coragem de dizer.

— Fiquei. Quer dizer, não esperava, mas gostei muito da ideia de a gente junto naquela condição, mas...

— Thizi, escuta uma coisa, me deixa falar. Eu tô pra ver garota mais desligada que você. Já sou seu namorado há muito tempo e olha que sou muito compreensivo. Deixei você achar que estava apaixonada por outro, acompanhei o namoro de vocês e esperei você acabar o que não foi. Sofri muito, mas achei que devia esperar. Não era fácil aturar seus sumiços no fim de semana, ficar em casa olhando o relógio, torcendo pra isso acabar e eu ter alguma chance com você além de amizade. Eu estava longe de gostar de outra pessoa e não sabia como lidar com um monte de sentimentos.

— E a sua namorada de não sei quantos anos?

— Foram anos da minha vida com uma garota do bem, com várias qualidades. Mas não, não gostava dela como gosto de você.

Fui arregalando os olhos e devo ter feito uma cara tão assustada com aquela declaração que Tito passou a mão no meu rosto, indicando que me acalmasse:

— Desculpa. Um dia achei que gostava do Tadeu.

— Eu sei. Sabia que um dia aquilo lá acabaria. Em parte, devo ter merecido aquele soco no nariz. O cara sabia que eu queria a garota que ele achava ser dele. Você é muito de mim. Quantas vezes olhei de longe e pensei: "Aquela garota será minha um dia. Minha!"

— Acho que devo ser mesmo um pouco de mim, um pouco da garota igual a mim e um pouco de você. Vários pedacinhos formam a Thizi.

— É com a Thizi que quero ficar. Com você quero realizar um monte de coisas. Patinha, você tá na minha vida há tanto tempo, mas só agora se deu conta... Acho que eu também só agora me dei conta...

— É, acho que foi isso. — Fiquei vermelha. Estranho sentir que eu e Tito estávamos concretizando algo que já existia. Era como chegar em um lugar, sabendo que uma "festa-surpresa" aconteceria em minha homenagem e seria a maior comemoração de todos os tempos.

— Você já era minha namorada e vai continuar sendo! Ninguém vai reparar que algo mudou e olha quanta coisa aconteceu.

Dei um abraço forte no meu melhor amigo, que foi sempre namorado, e senti todas as certezas possíveis. As mais lindas do mundo. Ao seu lado, iria para a Lua, deitaria na rua com tráfego intenso, nadaria até a África, beberia remédio de gosto ruim... Nada me faria infeliz. Tito, parecendo ler meu pensamento, disse:

— "Por você, eu limparia os trilhos do metrô, eu iria a pé do Rio a Salvador". — Para minha surpresa, Tito terminou de cantar a música "Por Você"[1] e me deu um beijo cinematográfico. Eu tinha muita intimidade com meu amigo, mas beijá-lo ainda era algo desconhecido, uma novidade maravilhosa e encantadora.

Saímos do restaurante depois de várias gargalhadas, histórias e uma conversa perfeita. Fiquei com medo de caminhar ao lado de Tito e dar de cara com Tadeu, mas ainda bem que minha alucinação anterior não aconteceu. Meu antigo namoro seria, agora, um acontecimento passado, e me sentia uma princesa, dando vida a tudo o que sempre sonhei para mim. Estava vivendo um daqueles minutos "me belisca que não tô acreditando". Meu vestido florido, de saia rodada, me fazia sentir personagem de filme.

Tito e eu atravessamos a rua e fomos em direção ao mar. Sem grandes combinações, largamos os sapatos e caminhamos pela areia. Queríamos olhar o mar de perto. A gente tinha tanto para agradecer. Tínhamos muito para viver e só mesmo aquela imensidão para nos fazer compreender o tamanho de nossas emoções. Tito e eu éramos o casal mais feliz, a combinação perfeita que sempre desejei. Meu coração batia forte, eu sentia sua pele tocando a minha e seu beijo na minha nuca me fez arrepiar e sentir a melhor sensação de todas.

Ficamos olhando o mar em silêncio. Eu estava finalmente livre e pronta para recomeçar. Não tocou nenhuma música, mas eu juro que ouvia uma trilha sonora ali.

---

[1] Composição de Roberto Frejat, Guto Goffi e Mauro Santa Cecília.

— É muito bom estar aqui, Thizi. Achei que você não acordaria...

— Eu nem sabia que estava dormindo. Foi tudo muito diferente. É bom ter minha vidinha de volta.

Tito me apertou mais forte para perto de seu corpo. Ficamos unidos, agradecendo nosso reencontro dentro de um encontro que sempre existiu. Falamos obrigada e obrigado no mesmo segundo. Sorrimos. Rimos juntos. Me senti completa como jamais imaginei. Eu era, agora, uma dessas garotas sortudas que encontrou o grande amor de sua vida e seria feliz com ele, sem nenhum receio do amanhã. Meu melhor amigo virara o amor da minha vida e um quê de mágico envolvia aquele nosso abraço. Eu estaria para sempre protegida, poderia seguir sabendo que alguém me amava e torcia pela minha felicidade. Acordaria sabendo da vontade dele de lutar por nós e realizar nossos sonhos. Mesmo sabendo das adversidades que sempre chegam, eu não tinha mais medo de seguir. Estaríamos de mãos dadas. Um perfume nos envolveu, a noite estava perfeita e novamente nos beijamos. Eu e meu amor. Sim, agora eu tinha um grande amor.

Quando olhei para o lado, uma moça passou e foi caminhando em direção ao mar. Eu a conhecia de algum lugar. Ela seguiu calmamente, com passos tranquilos e uma leveza admirável. Tito reparou meu jeito calado e fez carinho na minha mão.

— O que foi, Patinha?

— Tô pensando em tudo o que aconteceu.

— Tá tudo bem?

— Agora sim. — Olhei para o meu namorado e tudo pareceu fácil de compreender. Eu queria Tito sem medos, dúvidas ou receio algum. Quando pensei no futuro, percebi que a moça caminhando em direção ao mar parou e olhou para mim. Imediatamente a reconheci. Ali acontecia o meu momento de despedida com a minha igual. Aquela moça bonita e segura só podia ser eu. Sorri novamente. Estávamos em paz. Nos olhamos e a Garota Replay sumiu na minha frente.

Tito me abraçou, nos beijamos com todo o amor que sempre desejei viver. Minha vida recomeçava e agora eu viveria por conta própria o mundo que sempre foi meu, só meu.

Ser a gente mesmo pode não ser fácil, mas encarar quem somos é a melhor maneira de construir uma história de verdade.